Liebe und Tod in Hamburg

Gunter Gerlach

Liebe und Tod in Hamburg

Brahms ermittelt

Ein Ellert & Richter Krimi

Ob ich Fußtritte gekriegt habe? Und wie!
Oder einen Stein in die Rippen? Mehr als einen.
Ja, ich hab viel durchgemacht, ich hab mich mit
meinem Schicksal abgefunden, und wenn ich jetzt
weine, dann nur von körperlichen Schmerzen und
vor Kälte, denn mein Geist ist noch nicht erloschen …
Der Geist des Hundes ist zäh.

Michail Bulgakow, Hundeherz

1

Donnerstag, 18.55 Uhr

Die Häuser wuchsen in die Höhe, rückten näher zusammen. Die Welt wurde eng.
Die Luft ein vom Strand noch feuchtes Handtuch auf der Leine des Herbstanfangs. Die Mauern rochen nach frischen Pilzen.
Brahms trottete den Hamburger Berg entlang, fühlte sich als Hund, der gezwungen war, als Mensch zu leben.
Er folgte seiner Nase und ging in Hannas Bar. Leona stand hinter dem Tresen. Sie war neu. Erst ihr zweiter oder dritter Einsatz. Er hob den Kopf, streckte ihn vor. Sie roch nicht wie all die anderen.
„Du bist Brahms, nicht wahr?“, sagte sie. „Du machst hier oft die Samstagsschicht.“ Sie warf ihr dunkles schulterlanges Haar zurück, eines der spitzen Ohren schaute daraus hervor. Es war schon fast ein Angebot, danach zu greifen.
Brahms nickte. „Ludwig Lutz Brahms“, sagte er. „Aber Brahms genügt.“
„Ich bin Leona.“
„Ich weiß. Ich hab mir deinen Namen gemerkt.“
„Und ich hab dich neulich in einer Band spielen sehen. Ihr hattet einen Auftritt im Schlachthof.“

„Du warst dort?“
Sie lächelte, legte den Kopf zurück, und ihr Pony öffnete sich über der Stirn wie ein Vorhang. Ihre Oberlippe geriet in den Lichtschein einer Lampe, dünne Härchen wuchsen darauf. Sie schob ihm das Rotweinglas hin, wobei sie die Finger länger um den Stiel hielt, als fragte sie, ob er den Wein wirklich trinken wolle. Vielleicht war es auch eine Einladung, ihre Finger zu berühren. Als er sich über den Tresen beugte, ahnte er plötzlich, was mit ihr los war.
„Du hast eine Katze, nicht wahr?“
„Magst du keine Katzen?“ Sie legte den Kopf schräg.
„Sie mögen mich nicht. Ich weiß nicht, warum.“ Natürlich wusste er es genau. Katzen und Hunde, das passte nicht zusammen.
Leona blickte nicht auf, ließ das Glas los, ging rückwärts, bis sie an das Regal mit der Kaffeemaschine stieß, lehnte sich dagegen und betrachtete ihre Arme. Wie ein schwarzer Strumpf zog sich ihr T-Shirt über ihren Körper, war vielleicht ein einziges durchgehendes Teil, denn der gleiche Stoff wuchs unter ihrem schwarzen Rock wieder heraus bis in die schwarzen Leinenschuhe hinein.
„Meine Katze wird dir gefallen“, sagte sie. Es war eine Einladung.
Er nickte.
Von einem Pärchen am Fenster schwebten Duftstoffe durch den Raum, sie kündigten die spätere Paarung an. Ein älterer Mann, im Halbdunkel sitzend, starrte in

sein Bierglas, als suche er darin seine Zukunft. Am Tresen bliesen zwei junge Hähne in Anzügen ihre Brüste auf. Ihr Ziel war eine Frau, die den Dunst von Kopierern, Druckern und etwas zu viel Deo ausstrahlte.

In den Lautsprechern saß ein Mädchen am Klavier, sang ein Lied, mit dem sie sich selbst aus dem Schlaf aufweckte. Plötzlich entdeckte sich Brahms in einem Spiegelausschnitt hinter den Flaschen der Bar. Zweifellos eine Art Hund mit struppigem Haar, blauschwarz rasiertem Gesicht, die lange Nase voraus. An der Seite hingen die Haare wie zottelige Ohren herab. Er rieb sich das Kinn. Sein starker Bartwuchs wie Sandpapier. Er sah nach draußen. Der Hamburger Berg färbte sich blau. Eine Straße, die nicht mehr wusste, woher sie ihren Namen hatte. Das Tageslicht zog sich langsam zurück. Eine Stadtschlucht, gefüllt mit farbigen Lichtern, Wegweiser für die Betrunkenen. Im Einschnitt am Ende glühte die Reeperbahn. Seit zwei Wochen hatte Hanna die Bar ab achtzehn Uhr geöffnet. Sie wollte auch die Alkoholiker aus den umliegenden Büros einfangen.

Die Bar füllte sich. Die Lautstärke der Gespräche stieg an, und Leona drehte im gleichen Maß die Musik lauter. Brahms ließ sich an das äußerste Ende des Tresens drängen. Vor einer Stunde hatte ihm Ralf Winter, Besitzer eines Erotik-Shops, den Pachtvertrag für eine Baulücke gekündigt. Seit vier Monaten betrieb Brahms darauf einen öffentlichen Parkplatz mit einem besonderen Service. Die St.-Pauli-Besucher konnten anrufen und einen Parkplatz vorbestellen. Natürlich zu einem höheren Preis. Das Geschäft brachte von Anfang an genug Geld ein, um Christian Tarer, einen Dichter, als Parkplatzwächter zu beschäftigen. Er organisierte den Rest selbst, wechselte sich mit zwei arbeitslosen Schauspielern ab.

Brahms' Vater war nicht erfreut. Der Sohn des bekannten Kaffee-Importeurs als Parkplatzwächter? Vollkommen unmöglich. Mit seinen dreißig Jahren hätte er längst ins Familienunternehmen einsteigen sollen. Aber solange der Vater am Steuer dieses schwankenden Schiffes stand, war das für den Sohn unvorstellbar. Zu unterschiedlich waren ihre beiden Sichtweisen.

Brahms nahm das Glas, drehte sich mit dem Rücken zum Tresen, trank einen langen Zug. Durch das unregelmäßig gegossene Glas mit den Rotweinschlieren sah er, wie sich die Tür der Bar öffnete. Eine große Frau trat ein. Ihr dunkles Haar hatte helle gelbe Flecken, fast das Fell eines Schäferhundes. Sie jagte ihren Blick, ihre bewegliche große Nase durch den Raum von Gast zu Gast.

Brahms setzte das Glas ab, ihre Nase blieb so groß, war keine Verzerrung. Ihre Augen landeten auf ihm. Sie kam direkt auf ihn zu. Kein Erinnerungsblitz. Er lächelte ihr wie ein Baby entgegen, das gerade das Lächeln gelernt hat und es stumpf an allen Menschen ausprobiert. Ihm würde gleich einfallen, wer sie war. Sie stellte sich direkt vor ihn, umarmte ihn. Ihre Lippen krochen über sein Gesicht, suchten wie selbstverständlich seinen Mund.

Sie küsste ihn, presste sich an ihn, gab ihm keinen Raum, keine Möglichkeit, auszuweichen, den Kopf zurückzunehmen, um sie noch einmal genauer anzusehen. Brahms konnte nur hoffen, sie würde die Sache gleich aufklären. Weißt du nicht mehr, damals ...
Doch die Unbekannte begnügte sich nicht mit einem flüchtigen Kuss. Ihre Zungenspitze war auf der Suche nach seiner, und sie ließ sich von seinem Zögern nicht irritieren. Er versuchte, ihren Duft wahrzunehmen als Stütze der Erinnerung. Heu. Ein Duft nach Landleben, als läge er gerade mit ihr auf einer gemähten Wiese. Ein Bett aus getrocknetem Gras unter sich. Aber eine konkrete Erinnerung stellte sich nicht ein. Vielleicht verwechselte sie ihn? Sie ließ kurz von ihm ab, warf einen Seitenblick durchs Fenster auf die Straße und kam zurück. Das Lächeln blieb.
„Was ist mit dir?“, flüsterte sie. Sie hatte keinen Zweifel, den Richtigen zu umarmen. Erneut presste sie ihren Mund auf seinen, erstickte alle Fragen. Und jetzt gefiel es ihm. Der Parkplatz ging, eine schöne Frau kam. Nur gerecht. Er umarmte sie. Warum sollte nicht eine Liebe wie ein Überfall beginnen? Wozu sich lange aufhalten mit Schüchternheiten und Peinlichkeiten, weil man die Gefühle des anderen noch nicht kannte, sich seiner nicht sicher war. Ich sehe dich, ich liebe dich, lass uns ab sofort für immer zusammenbleiben. Denk nicht nach, zweifle nicht, gib dich hin. Wir werden eine gemeinsame Wohnung haben, vielleicht ein Haus auf dem Land, eine Geschirrspülmaschine, Kin-

der, ein Nudelholz, eine Lebensversicherung und sonntags Kirschkuchen.
Aber vielleicht war sie nur als lebender Geburtstagsgruß zu ihm geschickt worden. Bezahlt. Der Absender hatte sich allerdings im Datum geirrt. Halt! Nein, Winter hatte sie geschickt. Er entschuldigte sich mit ihr für die plötzliche Kündigung des Pachtvertrages. Komm, tröste mal den Brahms. Würde zu ihm passen. Aber dann hätte sie längst ihren Spruch aufsagen müssen.
Nein, er musste ein Opfer seiner mangelnden Erinnerungsfähigkeit sein. Doch so viele Frauen hatte es in seinem Leben nicht gegeben. Er erinnerte sich an jede. Vielleicht war sie eine dieser Frauen vom Bühnenrand, wenn er als Gitarrist mit Noll & Nichtig auftrat. Zwar stand dann Nils Noll als Sänger im Zentrum der Bewunderung, aber warum sollte Brahms nicht auch Fans haben. Eine Frau, die wegen seiner großen Nase selbst eine gewagte Nasenvergrößerung eingegangen war. Er hatte sie trotzdem nicht bemerkt. Und nun hatte sie allen Mut zusammengenommen und sich auf ihn gestürzt. Jetzt, sagte sie sich wohl, jetzt muss sich die Nasenvergrößerung auszahlen, und ich muss ihn rumkriegen.
Brahms spürte unter ihrer dünnen Hemdjacke eine flache Tasche, die sie um den Bauch trug. Und das erinnerte ihn an die Frauen, die entlang der Seitenstraßen der Reeperbahn ihre Dienste anboten. Die hatten solche Bauchtaschen. Also eine Prostituierte. Aber die taten alles, nur küssten sie ihre Kunden nicht. Und sie trugen andere Kleidung.

Brahms sah nicht viel von ihr, ihre weiße glatte Haut an den Schläfen, den Rand des Ohres, das kurz aus ihrem Fell herausguckte. Die Augenbrauen hatten eine andere Farbe, waren heller. Die ursprüngliche Farbe ihrer Haare? Vielleicht war er ihr doch einmal begegnet, hatte sie zurückgestoßen, beleidigt zurückgelassen, ohne dass es ihm bewusst geworden war. Nun hatte sie ihn gefunden. In der Tasche an ihrem Bauch war eine Waffe. Ein Messer. In Erwartung der Klinge, die sich den Weg zwischen seine Rippen suchen würde, schloss er die Augen und küsste sie heftiger. Dann eben ein Kuss als letztes Lebenszeichen. Er senkte die Lider. Der Tod kam nicht.

Sie ließ ihn nicht los und hörte nicht auf. Es musste ein Trick sein, vielleicht ein Raub. Vielleicht durchsuchte sie gerade mit den Händen seine Taschen, gab hinter seinem Rücken alle Bank- und Kreditkarten, sein Bargeld an einen Helfer weiter. Aber er spürte ihre Hände an seinem Hals, an seinem Hinterkopf. Beide Hände.

Brahms öffnete seine Augen, sie hielt ihre geschlossen. Er sah an dem struppigen Haar vorbei auf die Tür der Bar. Sie hatte sich geöffnet. Daniel Goly, Verkäufer in Winters Laden, stand dort im Türrahmen, rasierter Schädel, kleine Augen. Ein Pitbull im schwarzen Jogginganzug. Der Atem strömte in Stößen über seine rosafarbene Zunge. Wahrscheinlich war er bei seiner Joggingrunde. Sein Blick ging von Gast zu Gast. Vielleicht suchte er ihn im Auftrag Winters. Er wollte ihm winken, doch Goly drehte schon ab.

Die Fremde nahm den Kopf etwas zurück und sah ihn mit einem Lächeln an, das sich zwischen Vergnügen und Spott nicht entscheiden konnte.
„Wer bist du?“, fragte er und hatte das Gefühl, eigentlich müsste sie das fragen.
Sie schüttelte langsam den Kopf. Brahms blickte sich um. Leona war mit einer Reihe von Cocktails beschäftigt. Keiner der Gäste starrte ihn und die Fremde an. Brahms kam mit dem Blick zu ihr zurück. Ihr Lächeln hatte sich entschieden. Es war liebevoll. Und im gleichen Moment wusste er, er hätte sie nicht fragen dürfen, wer sie war.
„Sag nichts“, sagte er.
Sie nickte.
„Ich will nicht, dass irgendein Wort das zerstört, was uns gerade eben noch verbindet, sich aber bereits auflöst.“ Er legte seinen Arm um sie, wollte etwas festhalten, von dem er nicht wusste, was es war. Zu spät. Sie löste sich, legte den Kopf schräg, sah ihn an, als bedaure sie etwas. Ihre Mundwinkel zuckten.
„Nichts sagen“, wiederholte er.
Sie nahm ihre Arme von ihm.
„Eine Welt aus Wörtern kann niemals wahr sein“, sagte er leise.
Sie nickte, ging einen halben Schritt zurück, drehte die Nase nach rechts und nach links prüfend in die Luft. Keine Schminke im Gesicht. Sie war so groß wie er, vielleicht ein paar Zentimeter mehr. Sie trug eine schwarze Jacke, wie ein Hemd geschnitten, die Bauch-

tasche darunter, eine schwarze Hose, schwarze Joggingschuhe. Keine Zierde, keine überflüssige Naht. Vielleicht alles in der Herrenabteilung gekauft.
Sie ging noch einen Schritt rückwärts. Steckte die Hände in die Hosentaschen, biss sich auf die Unterlippe. Brahms wollte die Hände nach ihr ausstrecken.
Sie schüttelte kaum sichtbar den Kopf.
Es war zu Ende. Und er durfte nicht sprechen, konnte sich nicht mit ihr verabreden. Eine Welt aus Wörtern kann niemals wahr sein. Nach einem solchen Satz musste er schweigen.
Sie stand in der Tür, witternd, dann war sie mit einem Sprung draußen in der Dunkelheit. Ein gelbes Licht fuhr ihr übers Gesicht, ließ die helleren Haarsträhnen leuchten. Verwandelte sie. Ein Tier, das in der Bewegung nicht zu definieren war, etwas mit Fell, aber auch eine Fledermaus war möglich. Noch einmal leuchtete ihr Gesicht, die Augen gelb, schmale Pupillen. Kein Blick zurück. Sie sprang zwischen zwei parkende Autos, leicht geduckt, federte hinüber zur anderen Straßenseite. Sicher wuchs ihr jetzt das Fell den Rücken hinab.
Brahms hielt sich am Tresen fest, fühlte sich als Mensch, der gezwungen war, als Hund zu leben. Er wollte hinter ihr herlaufen, wusste, dass es falsch war, richtig war, falsch war. Auf allen Vieren.

2

Donnerstag, 19.25 Uhr

„War das deine Freundin?" Leona hielt die Weinflasche in der ausgestreckten Hand, bereit ihm nachzuschenken oder ihm die Flasche über den Kopf zu schlagen. Aber für beides stand sie zu weit entfernt. Enttäuschung, Furcht oder Liebe?

Brahms fuhr aus den Schultern hoch, sein Körper erwachte aus der Erstarrung. Wie viel Vorsprung hatte die Fremde?

„Nein, keinen Wein mehr. Danke."

Er suchte in der Hosentasche nach seinem Geld. Leona schüttelte den Kopf.

Er sprang nach draußen. Die nasse Luft legte sich ihm auf die Nase. Eine Vorahnung von Herbst in der Stadt. Bald würden sich die Häuser mit schwarzem Schimmel überziehen. Depressionen würden in den Schatten lauern.

Für Brahms waren die Lichter, jede einzelne Glühbirne, lauter kleine Sonnen. Eine kleine Spur vom Glück im Heu. Das Gras war längst gemäht, getrocknet und in die Scheunen gebracht. Wenn die Fremde immer dieses Parfum benutzte, würde er sie in dieser Jahreszeit leicht finden.

Er überquerte die Straße an der gleichen Stelle wie sie, versuchte ihre Bewegung nachzuahmen. An der Ecke zur Reeperbahn hatte er eine Idee. Küssen macht hungrig. Er suchte sie in den Schnellimbissen an einem Stehtisch zwischen hüpfenden Würsten, blubbernder Schaschliksoße und süßsauren Dämpfen. Die Nässe kroch ihm die Beine hinauf, strömte als Atem aus seinem Mund. Er kreuzte zweimal die Reeperbahn. Sie war in keinem der Imbisse, nicht einmal in jenem schmalen Laden mit den dänischen Hotdogs, auf den er die meiste Hoffnung gesetzt hatte. Es entmutigte ihn nicht, er war sicher, ihr zu begegnen. Er blieb im Eingang des dänischen Imbisses stehen, dachte über ihre Kleidung nach. Im Grunde war sie zu leicht angezogen gewesen, um von weit her zu kommen. Nur diese dünne schwarze Hemdjacke, nichts darunter. Sie musste in der Nähe sein. Systematisch sah er jetzt in jeden Laden, jede Bar, machte kurze Abstecher in jede Seitenstraße. Die Prostituierten am Hans-Albers-Platz bestätigten mit ihrer Aufmachung, dass die Unbekannte mit ihrer schwarzen Kleidung nicht dazugehörte. Bonbonfarben beherrschten das Bild.

Auch hinter einem der Tresen konnte er sie sich nicht vorstellen. Eher saß sie hinter dem Steuer eines Busses, einer U-Bahn. Vielleicht fertigte sie die Züge am U-Bahnhof St. Pauli ab, schmetterte ihr „Zurückbleiben“ über die Lautsprecher, bevor sich die Türen der Züge schlossen. Aber er war sich nicht sicher, ob es überhaupt noch Bahnhofspersonal gab, ob nicht alles

längst automatisiert war. Die Stimme kam vom Band. Dass er sie sich im Kiezbereich immer weniger vorstellen konnte, versetzte ihn in Hochstimmung. Er ging Richtung Millerntor. Vorbei am Lehmitz, in dem er vor vierzehn Tagen noch mit drei anderen Musikern gespielt hatte, die Bluesklassiker rauf und runter.
Am U-Bahnhof stieg er die Treppen hinunter und suchte den Bahnsteig nach ihr ab. U-Bahnpersonal war nicht zu sehen, nur im Kiosk auf dem Bahnsteig stand ein Mann, beide Arme auf den Tresen gestützt. Jugendliche warteten, sie hatten ihre Körper in zu großer Kleidung versteckt und bewegten sich wie Wasserpflanzen in der Strömung. Ein Zug lief ein, und Brahms ließ sich mit den Aussteigenden wieder die Treppe hinauftreiben.
Oben nahm er die Welt unter seine Füße, trieb sie mit ausholenden Schritten zur Drehbewegung an. Er bog in seinen Parkplatz ein, als Christian Tarer gerade einem Mercedesfahrer seinen Parkschein aushändigte. Christian machte die meisten Schichten auf dem Parkplatz. Er war damals dabei gewesen, als Ralf Winter Brahms die Nutzung des Bauplatzes angeboten hatte. Christian hatte sich sofort als Wächter angeboten und alles organisiert. Für ihn war es der Job, auf den er geradezu gewartet hatte. Den Bauwagen hatte er von einem Freund geliehen, mit der Auflage, seinen Zustand zu erhalten. Christian Tarer stattete ihn für seine Bedürfnisse aus, Schreibtisch, Stuhl, Bett. Eine Kochplatte für Tee und Suppen. Er schrieb während seiner Schichten an einem Roman, hoffte, damit eines

Tages zum Bestsellerautor zu werden. Allerdings schrieb er schon seit Jahren daran. Und das Manuskript hatte noch niemand lesen dürfen. Oft, wenn er zu viel getrunken hatte, schlief er auch in dem Wagen. Brahms ging mit ihm in den Bauwagen. „Ich habe eine gute und eine schlechte Nachricht. Die gute, ich hab mich verliebt."
„Ich weiß, wer es ist! Es ist die Neue, Leona." Christian nahm seine Baseballkappe ab, strich sich das dunkle Haar glatt und setzte die Mütze mit den Initialen New Yorks verkehrt herum wieder auf.
„Leona?"
Christian grinste. „Na, das Gummimädchen aus Hannas Bar."
„Gummimädchen?"
„Ja, weil sie immer so aussieht, als wäre sie aus einem Stück schwarzem Gummi. Ist dir das noch nicht aufgefallen?"
„Ich bin kein Dichter wie du."
Tarer hob die Brauen, ließ sich auf den Schreibtischstuhl fallen.
Er schob seinen Laptop beiseite und öffnete eine Thermosflasche mit Kaffee. Brahms lehnte ab, zog sich einen zweiten Stuhl heran, dann erzählte er von der Unbekannten, die ihn geküsst hatte.
„Und du willst kein Dichter sein?" Christian hob die Hände. „Die Geschichte hätte ich mir ausdenken können!"
„Aber es ist wirklich passiert."

„Hör mal, schöne Fremde betritt Bar und überfällt einen fremden Mann mit Küssen, so beginnen Romane." Er zog die Füße auf die Sitzfläche des Stuhls, saß da wie ein Affe. „Und nicht irgendwelche Romane, sondern Kitsch- und Schundromane."

„Und wie enden solche Romane?"

Christian zog sich hoch und setzte sich auf die Lehne des Stuhls. Er breitete die Arme aus und sah auf Brahms herab.

„Tragisch. Solche Geschichten müssen tragisch enden. Die Frau hat natürlich ein entsetzliches Geheimnis. Der Mann folgt ihr, versucht alles über sie herauszubekommen. Er ist total verliebt, aber nach und nach kommt die Tragödie ans Licht. Die Frau hat nur noch wenige Tage zu leben. Die Leserschaft bricht in Tränen aus. Am Ende steht er über ihr Grab gebeugt und jammert: Hätte ich doch Leona genommen."

„Leona?"

„Ja, das ist die andere Frau in der Geschichte, die liebt dich doch."

„Aber sie hat eine Katze."

Christian lehnte sich zurück und lachte. „Klar, und Katzen verhindern Beziehungen, springen dem Liebhaber ins Gesicht, kratzen ihm die Augen aus."

„Nein, es ist doch nur ..."

„Komm mir nicht wieder mit der Geschichte, dass du so eine Art Hund bist."

Brahms winkte ab. „Lass gut sein. Es gibt eine unerfreuliche Nachricht." Er berichtete von Ralf Winters

Kündigung des Platzes. „Wir haben noch zwei Monate, dann ist Schluss. Winter will hier ein Hotel bauen."
„Das kann gar nicht sein." Christian sprang von seinem erhöhten Platz herunter und ging in dem Bauwagen auf und ab. „Aber er hat nichts davon gesagt." Er versteckte sein Gesicht hinter beiden Händen, rieb es. Als es wieder zum Vorschein kam, hatte es sich mit einem Gebirge aus Falten überzogen, die alle auf seine Nasenwurzel zeigten.
„Wieso? War er heute hier?"
„Nein. Ja. Ist doch egal. Ich habe ihn getroffen. Ich verstehe das nicht, er hätte mir doch etwas sagen müssen."
Christian Tarers Arme hingen an seinem Körper herab. Lahme Flügel. Er betrachtete seine Fußspitzen.
„Vielleicht", sagte Tarer langsam, „hängt alles mit deinem Vater zusammen. Er hat heute Nachmittag angerufen."
„Hier bei dir?"
„Er hat mich ausgefragt, wie es so läuft. Vielleicht steckt er dahinter. Du hast mir erzählt, er will, dass du in das Familienunternehmen eintrittst."
Einen Augenblick schwiegen beide, und das Rauschen der Stadt brandete wie eine Welle an die dünnen Wände des Bauwagens. Ihre Welt ging unter. Draußen hupte ein Ertrinkender in seinem Wagen.

3

Donnerstag, 20.15 Uhr

Nicht still stehen können. Die Lunge zu eng. Jemanden umarmen wollen. Der Druck ihrer Lippen auf seiner Haut war noch da. Und wenn die Fremde zurück zu Hannas Bar gegangen war? Ihn suchte, wie er sie suchte. Für einen Augenblick lähmte ihn der Gedanke. Er stand im Passantenstrom. Eine Insel. Der Fluss teilte sich. Seine Glieder zuckten, warteten auf einen Befehl für eine Richtung. Alles falsch gemacht. Er hastete zurück. Vor Hannas Bar, Stiche in der Hüfte, legte er die Hände an die Scheiben und sah hinein. Sie war nicht da. Lag nicht auch eine Spur des Heuparfums in der Luft? Oder wollte das nur seine Fantasie?
Leona erkannte ihn über die Köpfe der Tresenbesatzung hinweg am Fenster, winkte mit dem gesamten Körper aus Gummi. Ein Wunder der Natur: eine schwarze Schlange mit Armen und Beinen.
Nein, er konnte jetzt nicht hineingehen. Wenn die Fremde eben noch hier gewesen war, musste er zurück zur Reeperbahn. Er rannte bis zum Ende der Straße. Der breite Fußweg hatte sich mit einem unübersichtlichen Strom gefüllt. Die Passanten waren lauter, beweglicher geworden, sahen sich nach einander um, riefen

sich Namen zu, Namen von Kneipen oder Menschen, auf der Suche nach dem Vergnügen, das das Viertel versprach. Seine Augen irrten zwischen den Passanten umher, erhöhten den Druck auf sein Gehirn. Gib es auf. Er trabte in die eine Richtung, querte die Straße, jagte auf der anderen Seite wieder zurück.

Er war dabei, sich zu verwandeln. Aber in was? Er lehnte sich an eine Hausmauer, um seinen vibrierenden Körper zu beruhigen. Und immer noch die deutliche Erinnerung an den Duft. Heu. Im Gras liegen und den Blick auf den Himmel voller kleiner weißer Welpen.

An der Ecke leuchtete der Erotikshop von Ralf Winter in seriösem Grau und Weiß. Kurz entschlossen betrat er das Geschäft, um sein Glücksgefühl zu nutzen, Winter vielleicht doch umzustimmen. Sein Vater sollte hinter allem stecken? Möglich. Er ruderte durch die dicke Vanilleluft des Ladens. Winter hielt den Duft für eine verkaufsfördernde Maßnahme, ein Automat versprühte das Parfum regelmäßig. Einrichtung und Farbgebung des Ladens, schulterhohe weiße Regale, blendende Leuchtstoffröhren erinnerten an eine Apotheke. Hinten bei den Videos duckte sich ein älterer Mann, sonst war niemand im Laden. Er nickte Daniel Goly zu. Dieser hatte seine schwarze seidene Trainingsjacke abgelegt und stand im weißen T-Shirt hinter dem gläsernen Kassentresen. Er trainierte mit kleinen silbernen Hanteln seine Bizepse, während er in einem auf dem Tresen liegenden Comic las. Seine Lippen bewegten sich, als buchstabiere er die Sprechblasen.

Brahms ging mit großen Schritten an ihm vorbei. Das Licht der Leuchtstoffröhren blendete ihn. Der Zugang zu Winters Büro befand sich an der Rückseite des Ladens. Brahms blickte in die Videokamera, tat, als wäre sie ein Spiegel, und strich sich über das Haar. Winter würde ihn auf seinem Monitor bereits sehen und den Türsummer betätigen. Die Tür zu dem kleinen Flur, von dem zwei Räume und Bad abgingen, stand offen. Brahms rief im Flur nach Winter, bekam keine Antwort und stieß die Tür zu dem Raum auf, in dem Winter immer auf einem Sofa sitzend seine Büroarbeiten machte. Aber Winter lag am Boden. Der Schädel war seitlich eingedrückt. Ein Blatt Papier lag halb auf seinem Gesicht. Das Blut aus seinem Kopf hatte den Perserteppich getränkt. Brahms schmeckte Magensäure in seinem Mund, schluckte heftig und ging rückwärts. Er stieß mit dem Rücken gegen zwei durchtrainierte Körper.

„Ich dachte mir schon, dass du kommst", sagte Daniel Goly. Ulf Winter, Ralfs kleiner Bruder, setzte seine beständig trainierten Muskeln ein, um Brahms von hinten zu umklammern. Brahms war überrascht, dass solche Muskeln tatsächlich auch zu gebrauchen waren. An Ulfs Körper war nichts im richtigen Verhältnis. Zu kurze Beine, zu massiger Rumpf und dann ein flächiges und weiches Gesicht, das von schwarzem gelocktem Haar gerahmt war. Ein Chow-Chow mit Rasta-Locken. Brahms erwartete immer, dass sich zwischen Ulfs Lippen eine blaue Zunge zeigen würde.

Er hätte sich mit einer raschen Rückwärtsbewegung und einem Sprung nach vorn befreien können, wäre dann aber in den blutigen Teppich getappt. Daniel Goly, der Verkäufer, baute sich jetzt mit dem Pitbull-Blick vor ihm auf.

Brahms nahm seine Zwangslage hin, um zu rekonstruieren, was geschehen war. Der große Raum war mit Möbeln ausgestattet, die vom Stil her Winters Eltern gehören konnten. Gegenüber der Tür ein grün gepolstertes Sofa. Davor ein niedriger Couchtisch mit rosafarbener Marmorplatte. Winters Schreibtisch. Darauf Papiere in drei Stapeln, einige waren herunter gesegelt, bildeten eine Spur zu Winters Kopf. Ein aufgeklappter Laptop, dessen Lüfter lief. Ein kleiner flacher Drucker. Rechts und links zwei zum Sofa passende Sessel. Auf einem lag ein aufgeklapptes Messer. Links davon an der Wand ein großer Wohnzimmerschrank aus Eiche mit zurückgesetztem Oberteil. Auf dem Absatz stand der Monitor, der jeden Besucher anzeigte. Rechts an der Wand ein Kühlschrank, darüber das vergitterte Fenster zum Hinterhof. Der Brokatvorhang fast ganz geschlossen. Neben der Tür stand ein riesiger Flachbildschirm. Darüber hing ein großes goldgerahmtes Foto eines Schäferhundes. Aber Winter hatte keinen Hund.

Winter hatte ihn einmal zur Übertragung eines Fußballländerspiels eingeladen. Da war das TV-Gerät neu gewesen. Ulf und Goly hatten dabei gesessen, dann waren noch zwei Freunde gekommen. Einer war der

Wirt eines Restaurants von schräg gegenüber. Der zweite war ein braun gebrannter Besitzer einer Boutique in Harvestehude. Sie hatten sich während des gesamten Spiels über Winter lustig gemacht. Eine solche Einladung hatte sich nicht wiederholt.

Neben dem Fernseher lagen die Scherben einer großen Bodenvase. Die langen, getrockneten Gräser hatte jemand sorgfältig herausgenommen, bevor er die Vase zertrümmert hatte.

Sein Blick wanderte zurück zum Tisch. Jetzt entdeckte er die abgebrochene Ecke am Marmortisch. Er zwang sich, noch einmal Winter anzusehen. Es sah aus, als sei er gestürzt und mit dem Hinterkopf auf die Ecke des Tisches aufgeschlagen. Aber rückwärts fällt man von allein eher selten. Auch die zerbrochene Vase passte nicht in dieses Bild.

„Was ist hier passiert?“, fragte er.

„Na, was schon“, sagte Daniel. Er machte einen großen Schritt über das Blut hinweg und las von oben das Papier, das halb auf dem Kopf von Ralf lag. „Hier liegt die Kündigung deines Pachtvertrages.“

Daniel Goly strich sich über den rasierten Schädel. Früher hatte er nur die Seiten geschoren und oben gelocktes blondes Haar gehabt. „Zur Unterschrift hast du es ja nicht mehr kommen lassen, was?“

Ulf öffnete seine Arme, und Brahms stürzte nach vorn, wurde aber von einem Faustschlag Daniel Golys gebremst. Seine Knie knickten ein, und er sank Goly zu Füßen.

4

Donnerstag, 20.45 Uhr

Es konnten nur wenige Sekunden gewesen sein, in denen Brahms glaubte, am Steuer eines Wagens zu sitzen, der quer über die Autobahn schleuderte und zum Schluss gegen einen Brückenpfeiler knallte.

Er kam hoch, betastete sein Gesicht. Trotz des Schmerzes an seinen Lippen war da noch die Erinnerung an einen Kuss. Er sah das Blut auf seiner Handfläche. Hatte er sich auf dem getränkten Teppich abgestützt und dann an seine Lippen gegriffen? Winters Blut? Wieder stiegen die Magensäfte in seiner Speiseröhre hoch.

Daniel Goly stand jetzt hinter ihm. Brahms knurrte. Noch einmal, diesmal aber mit vollem Bewusstsein, brach er blitzschnell zusammen und rollte nach hinten. Der Plan gelang. Daniel stürzte über Brahms' Körper, fiel nach vorn und rutschte in Winters Blutlache. Er war sofort wieder auf den Beinen. Sein gelbes Gesicht färbte sich rot. Aus seinen Fäusten tropfte fremdes Blut.

„Schluss jetzt", schrie Ulf Winter, als Goly auf Brahms losgehen wollte. Die Stimme eines kläffenden Spitzes.

Vorn im Laden war jemand zu hören: „Hallo, entschuldigen Sie, könnte ich vielleicht bezahlen?"

„Geh an die Kasse!", befahl Ulf. Die hohe Stimme hatte wenig Gewicht.

„Das kriegst du noch zurück", murmelte Goly und betrachtete seine mit dem Blut seines toten Chefs verschmierten Hände und Arme. Er wischte sie an seinem weißen T-Shirt ab.

„Geh an die Kasse", wiederholte Ulf.

Goly ging langsam nach vorn.

Brahms öffnete die Tür zu dem kleinen Bad und betrachtete sich im Spiegel. Die Unterlippe hatte einen kleinen Spalt. Er riss ein Stück Klopapier von der Rolle und klebte es sich auf die Wunde. Dann säuberte er sein Gesicht mit Wasser. Er trocknete sich die Hände, indem er sich über das dunkle Haar strich. Es legte sich flach an den Kopf, seine Nase trat hervor. Und für einen Augenblick sah er erneut in das rasierte Gesicht eines Hundes. Er grinste, die Unterlippe riss wieder auf. Er entfernte das alte Papier und beklebte die Wunde mit einem neuen Fetzen.

„Glaubt ihr wirklich, dass ich es war?", sagte er. Er hatte es ausgesprochen, ohne die Unterlippe zu bewegen. Ulf stand in der Tür und brauchte eine Weile, bis er die Worte begriff.

Brahms warf das Papier ins Klo und spülte.

„Du wusstest doch von dem Geld", sagte Ulf. Brahms war immer wieder über die hohe Stimme überrascht. Sie stand im Gegensatz zu dem massigen Körper.

„Welches Geld?"
Ulf Winter antwortet nicht. Das Klopapier auf Brahms' Lippe rutschte langsam herunter. Die Lippe hörte nicht auf zu bluten.
„Und du wusstest, dass Ralf donnerstags um diese Zeit eigentlich beim Training ist."
„Welches Training?"
Brahms wickelte einen Streifen von der Klopapierrolle, legte ihn zusammen und presste ihn auf seine Lippe.
„Ruft endlich die Polizei", sagte er. Es klang nach etwas anderem. „Polizei", wiederholte er deutlicher.
Daniel Goly kam zurück. „Komischer Typ. Erst will er bezahlen, und mit einem Mal will er es sich noch überlegen. Ich habe den Laden jetzt abgeschlossen."
„Den hast du verschreckt." Brahms bemühte sich um eine deutliche Aussprache. Er zeigte auf Golys blutiges T-Shirt. „Wer ist hier der Mörder?"
Daniel Goly wollte erneut auf Brahms losgehen. Ulf versperrte ihm den Weg.
Goly zog sich sein T-Shirt über den Kopf. „Lass mich ins Bad. Das Blut geht nicht ab. Ich muss duschen."
Ulf trat ein Stück zurück. Brahms und Goly tänzelten in dem schmalen Flur umeinander herum. Goly landete im Bad und Brahms in der kleinen Küche. Eine abgeschabte Spüle, zwei Unterschränke aus den fünfziger Jahren. Das modernste war eine verschmierte Mikrowelle. Irgendetwas mit Tomatensoße musste einmal darin explodiert sein.

Brahms setzte sich an den Plastiktisch mit den schrägen verchromten Beinen und fühlte sich als Teil einer Inszenierung.
„Was ist mit dem Video?“, fragte er. „Es läuft doch immer ein Video für die Ladenüberwachung.“
Von nebenan hörten sie Goly duschen.
Ulf nickte. „Das Video, ja. Da bist du natürlich nicht zu sehen.“
„Aber ich soll es gewesen sein?“
„Du machst dir nicht selbst die Finger schmutzig. Aber dein Helfer ist klar zu erkennen.“
„Mein Helfer?“
„Der den Parkplatz für dich macht.“ Ulf langte nach einer von den Bierflaschen, die vor dem vergitterten Fenster standen. Er öffnete sie an der Kante des Schranks und setzte sich.
„Christian Tarer?“
„Na, der mit der Mütze.“ Ulf trank einen Schluck. Brahms erwartete, dass Ulfs Stimme dadurch tiefer werden würde. Er hatte sich getäuscht. „Daniel ist auf jeden Fall überzeugt, dass du dahinter steckst.“
„Du nicht?“
Ulf hob die Schultern, schob die Lippen vor. Sein muskulöser Körper schien dadurch aus dem Gleichgewicht zu geraten. Er schwankte nach vorn, erreichte den freien Stuhl am Tisch, bevor er vornüber kippte.
„War das denn ein Überfall?“, fragte Brahms.
„Sicher.“
„Und bin ich der Einzige, der hier Zutritt hatte?“

„Natürlich nicht."
„Wer denn noch?"
„Manchmal nahm Ralf seine Investoren mit nach hinten. Aber selten. Meistens ging er ja zu denen und holte das Geld ab."
„Geld? Was für Geld? Wofür?"
„Na, das was er für die Leute investierte oder ins Ausland brachte."
„Nach Liechtenstein?"
„Dahin bestimmt nicht."
Brahms hatte keine Ahnung von Ralf Winters Geschäften.
„Und das Geld war hier?"
Wieder hob Ulf seine Schultern, sein Körper sank auf dem Stuhl zusammen, der Bauch kam vor. Er verlor seine Form, bekam Falten. Alles an ihm wurde seinem runden Kopf ähnlich.
„Hatte er eigentlich Freunde?"
„Ha." Ulf strich seine gelockten Haare aus dem Gesicht. Fast die Frisur einer Frau. Er schüttelte den Kopf.
„Dein Bruder war eine Insel, was?", fragte Brahms. Er dachte an den gemeinsamen Fernsehabend. „Wie hieß dieser braun gebrannte Typ damals beim Fußball?"
„Der mit der Boutique in Harvestehude? Julian Breuer. Mit dem fuhr er immer an die Algarve."
„Urlaub?"
Ulf grinste.
Goly kam aus dem Bad, nur mit einer Unterhose bekleidet und mit leuchtend rotem Gesicht.

„Zu heiß geduscht“, sagte Brahms.
Goly hielt eine Ölflasche in der Hand, rieb sich die Brust ein und ließ abwechselnd seine Brustmuskeln zucken. „Mit dir rechne ich noch ab.“
„Musst du dich hier einbalsamieren?“, fragte Ulf.
„Ich brauche ein frisches T-Shirt. Ich nehme mir eins von vorn.“
Ulf nickte. Goly ging in den Verkaufsraum.
„Ich hab einen Vorschlag für dich“, sagte Ulf Winter.
„Ich will das Video sehen“, sagte Brahms. Er hielt sich die Nasenlöcher zu. Golys Öl hatte einen Dunst von Zuckerwatte und Teer verbreitet.
Goly kam mit einem T-Shirt zurück, das eine sich streckende nackte Frau zeigte. Er riss die Packung auf und zog es über. „Habt ihr meinen Ring?“, fragte er. „Mein Siegelring ist weg.“
„Der ist dir vorhin von der Hand geflogen, als du drüben gestürzt bist“, behauptete Brahms.
Goly knurrte, ging nach drüben. Es rumpelte, und Goly schrie. Ulf sprang auf.
Daniel Goly kam zurück, sein neues T-Shirt, Hände und Arme blutig.
„Du Idiot“, schimpfte Ulf.
„Diese verdammte Teppichkante“, erklärte Goly seinen erneuten Sturz. „Dabei habe ich sie neulich noch festgeklebt.“
„Das Wasser ist noch warm.“ Brahms wies auf die Badezimmertür.

5

Donnerstag, 21.00 Uhr

Ulf ging nach vorn in den Laden. Bevor Brahms ihm folgte, warf er noch einen Blick ins Wohnzimmer. Der tote Ralf verschmolz mit dem Teppich. Blut war ein guter Dünger. Und der Teppich sicher voller Nüsse, Sesam und Getreidekörner von den Keksen und Brötchen.
„Wie lange wird es dauern, bis Gras über ihn wächst?“, fragte er.
„Was meinst du damit?“
„Ich finde es komisch, dass ihr nicht die Polizei holt.“
„Kommt schon noch.“
Aus dem Bad hörte er Goly duschen und ein Piratenlied singen, als hätte er die Szene im Nebenraum vergessen. Brahms wies nach hinten. „Der trauert auch nicht.“
Ulf spulte am Kassentresen das Überwachungsvideo in dem Rekorder langsam zurück, bis er die Stelle gefunden hatte. Man sah Daniel Goly von hinten, wie er hinter der Kasse stand. Er stützte sich mit den Ellbogen auf dem Tresen ab und las in einer Zeitschrift. Ein Mann mit einer roten Jacke und einer blauen Baseballkappe mit dem New-York-Signet kam ins Bild. Er hat-

te den Kopf gesenkt, das Gesicht vom Schirm der Mütze verdeckt, die Jacke geschlossen, die Hände tief in den Taschen der schwarzen Hosen. Goly hob den Kopf nicht aus seiner Zeitschrift. Der Mann ging geradeaus weiter auf die Kamera zu.

„Ralf muss ihm geöffnet haben“, sagte Brahms. „Er hat ihn gekannt.“

Ulf schüttelte den Kopf. „Der Summer an der Tür ist kaputt. Man braucht sie nur aufzudrücken.“

„Seit wann?“

„Schon immer.“

„Als ich heute Nachmittag da war, funktionierte er noch.“

„Nein. Ralf drückte nur trotzdem immer auf den Knopf für den Türöffner, damit man dachte, es wäre verschlossen.“

„Das wusste ich nicht.“

Ulf spulte das Video vor, bis der Mann wieder zurückkam. Jetzt sah man ihn von hinten. Die rote Jacke hatte auf dem Rücken zwei schwarze Streifen, die unten am Jackenrand zusammenliefen. Der Buchstabe V. Er ging an Goly vorbei, der kurz von seiner Zeitschrift aufsah.

„Jetzt verstehe ich, Goly war in Hannas Bar auf der Suche nach dem Typen in dieser Jacke“, sagte Brahms. Ulfs Oberlippe zuckte als Antwort. Er stoppte das Video zum Standbild. Auf der Rückseite der Mütze des Mannes stand etwas, das aber nicht zu entziffern war. Darunter dunkle Haare.

„Kannst du das vergrößern?“
Ulf vergrößerte das Bild, aber die Auflösung wurde so schlecht, dass eher weniger zu erkennen war.
„Und das soll einer von meinen Parkplatzwächtern sein?“
„Das ist dieser Christian, der meistens da sitzt. Sieht man doch.“
Daniel Goly kam von hinten und dampfte. Er holte sich ein neues T-Shirt aus dem Regal und roch daran. „Warum riechen die immer so nach Brot?“
„Wer wusste, dass der Türsummer nicht funktionierte?“, fragte Brahms und bekam keine Antwort. Goly hatte das T-Shirt übergezogen und zupfte an der Brust die Falten heraus. Diesmal hatte er ein anderes Motiv genommen. Eine nackte, kniende Frau schaute über ihre Schulter. Goly streckte Brahms den Finger mit Siegelring hin. „Hast Glück gehabt. War im Bad“, sagte er. „Prügel kriegst du trotzdem noch.“
Brahms ließ Ulf das Video noch einmal zurückspulen. „Nichts kann man sehen. Das kann jeder sein“, sagte Brahms. Von der Figur und den Bewegungen her gab es Ähnlichkeiten mit Christian Tarer, er trug auch oft eine solche Mütze mit den New-York-Initialen.
„Er ist es. Wenn ich meinen Wagen bei ihm abstelle, hat er immer die Mütze auf. Und so eine rote Jacke hat er auch“, sagte Goly. „Du hast es ausgekundschaftet, und er hat es durchgeführt. Passt alles.“
„Dann lass uns endlich die Polizei rufen.“ Brahms presste immer noch das Klopapier gegen seine Lippe.

„Ich mach dir einen Vorschlag." Ulf Winter trat vom Kassentresen zurück und lehnte sich an die Wand. „Du findest den Mörder!"
„Aber der steckt mit dem unter einer Decke!", protestierte Goly. Brahms schüttelte den Kopf. „Holt die Polizei."
„Wir regeln die Dinge hier auf St. Pauli unter uns", sagte Ulf.
„Genau." Goly ballte die Faust vor Brahms' Nase.
„Ruhig!", befahl Ulf. „Du wirst den Täter vor der Polizei finden. Du bist doch Privatdetektiv. Also, ich gebe dir genau vierundzwanzig Stunden."
„Das kläre ich in einer Stunde", sagte Daniel Goly.
„Halte dich mal zurück."
„Vierundzwanzig Stunden?" Für Brahms klang es, als wollten sie den Toten so lange im Wohnzimmer liegen lassen. „Und dann?"
„Findest du ihn, kannst du deinen Parkplatz weiter betreiben. Mit allem, was dazugehört."
„Was dazugehört?" Brahms hatte den Eindruck, als wüsste er nicht, was auf seinem Parkplatz alles vor sich ging. Bis heute hatte er auch nicht gewusst, dass Ralf Winter für andere Leute Geld transportierte.
„Du willst ihn laufen lassen", protestierte Goly.
„Du gehst jetzt ins Bad und holst deine blutigen T-Shirts", befahl ihm Ulf. „Die würde ich an deiner Stelle beseitigen, sonst könnte man wirklich denken, du hast was damit zu tun."
Goly trabte nach hinten.

„Und Goly hat nichts gesehen, er hat den Kerl nicht erkannt, was?“, fragte Brahms.
„Es kommen viele Leute in den Laden und wollen nicht unbedingt erkannt werden. Wir respektieren das.“
„Deshalb ist das Video auch so unscharf?“
„Es ist eine uralte Anlage.“ Ulf Winter schnaufte. „Ich meine das ernst mit dem Auftrag.“
„Und was ist mit meinem Honorar?“, fragte Brahms. „Ich kriege Hundert pro Stunde.“
Ulf Winter nickte. „Kein Problem, aber nur im Erfolgsfall.“
„Was heißt das?“
„Dass wir den Kerl vor der Polizei in die Mangel nehmen können.“
„Wo warst du, als das hier geschah?“
„Beim Training. Ralf gab mir seine Karte fürs Studio. Ich glaube, er wollte sich mit jemandem treffen. Aber gesagt hat er nur, dass er sich zu schlapp fürs Training fühle.“
„Wie machte er das mit dem Geld? Wie brachte er es ins Ausland?“
„Das war allein sein Ding. Mir hat er nichts erzählt.“
„Aber du weißt, wie viel im Büro war und woher es kam?“
Ulf hob die Schultern.
Daniel Goly kam zurück. Er hatte die T-Shirts in eine Plastiktüte gestopft. „Hier, nimm sie mit. Du findest schon einen Platz dafür.“ Er drückte Brahms die Tüte in die Hand.

Brahms ging damit zögernd zum Ausgang. Plötzlich hatte er das Gefühl, Ralf Winter sei gar nicht tot, sondern alles nur eine Inszenierung für ihn. Er drehte sich um und ging noch einmal nach hinten.
„He, halt, andere Richtung“, rief Goly.
Brahms drückte die Tür auf, ging den Flur entlang. Ralf Winter lag immer noch in seinem Blut. Brahms hielt sich am Türpfosten fest. Seinem Magen gefiel das Bild immer noch nicht.
Goly und Ulf waren ihm gefolgt.
„Gibt es keinen Safe?“, fragte Brahms.
Ulf schüttelte den Kopf.
„Bewahrte er immer Geld in der Vase auf?“, fragte Brahms. „Wie viel war es?“
Ulf wiegte den Kopf.
Sie gingen wieder nach vorn. Ulf zog die Kassenschublade auf, holte eine großkalibrige Pistole heraus, richtete sie auf Brahms und sagte: „Vierundzwanzig Stunden.“
Er ließ den Griff der Waffe zwischen zwei Fingerspitzen rutschen und gab sie Daniel Goly. „Lass das Ding verschwinden, bevor die Bullen kommen.“
„Kriege ich auch eine?“, fragte Brahms.

6

Donnerstag, 21.30 Uhr

Brahms ging zum Parkplatz. Ein leichter Regen ölte St. Pauli ein und brachte die Lichter auf dessen alter, zum Markt getragener Haut zum Glänzen.
Daniel Goly bewegte sich mit großem Abstand hinter ihm. Er hatte sich seine schwarze Trainingsjacke übergezogen, aber sein Kopf leuchtete wie eine Glühbirne. Trotz des Vorhangs aus Nieselregen roch Brahms seinen Verfolger. Das Körperöl.
Goly war Ralf Winter absolut ergeben gewesen. Der Kampfhund an seiner Seite, für seinen Herrn immer zum Bellen und Beißen bereit. So traten die Helfer von Zuhältern auf. An solche Geschäfte hatte Brahms gedacht, wenn Winter erwähnt hatte, er würde noch auf andere Weise Geld verdienen.
An der nächsten Straßenecke stopfte Brahms die Tüte mit den blutigen T-Shirts in einen der roten Abfallkörbe und hoffte, Goly würde es mit der Pistole genauso machen.
Er wartete, bis Goly heran war. „Schmeiß das Ding da rein!"
„Brauch ich vielleicht noch."
Brahms ging weiter, und Goly blieb an seiner Seite.

„Hau ab“, sagte Brahms.
„Ich pass ein bisschen auf dich auf.“
„Kann ich selber.“
„Ach, und woher kommt die geplatzte Lippe?“
„Davon, dass du auf mich aufgepasst hast.“
Goly lachte.
Brahms blieb stehen. „Du glaubst doch nicht im Ernst, dass ich was mit Ralfs Tod zu tun habe?“
„Ich glaube nur, was ich sehe.“
„Sagte der Blinde“, ergänzte Brahms. Den Schlag Golys hatte er vorausgesehen und wich ihm aus. Er sprang in die Mitte der Straße. Goly setzte ihm nicht nach.
„Das nennst du auf mich aufpassen? Das ist mir zu gefährlich.“
Brahms beschleunigte bis zum Eingang des Parkplatzes. Als er den Bauwagen betrat, sah er sich um. Goly folgte nicht.
Christian Tarer saß über ein Buch gebeugt. Er grinste über Brahms’ Verletzung. „He, mir scheint, du hast eine Lippe riskiert.“
„Kann man so sagen.“
„Ich vermute, du hast die schöne Fremde wiedergetroffen?“
„Ich wünschte, es wäre so. Von ihr würde ich mich auch prügeln lassen.“
„Ich wusste nicht, dass du auf so was stehst.“
„Diese Verletzung hat mir ein Mann beigebracht.“
„Ich wusste nicht, dass du auf Männer stehst.“

„Daniel Goly war das."
„Ich wusste nicht, dass der auf dich steht."
Christian Tarer holte einen Verbandskasten aus der Schublade seines Schreibtisches. „Der ist alt, aber vielleicht ist noch was drin für solche Verletzungen." Er nahm die Verbandsrollen heraus und las die Beschriftung.
„Wann bist du heute Ralf Winter begegnet? Und wo?"
„Was ist los?"
„Komm schon, ich muss das wissen."
Tarer inspizierte den Inhalt des Verbandskastens, nahm eine Verbandsrolle nach der andern heraus, betrachtete sie, drehte sie in seinen Händen. Zweifellos wollte er Brahms nicht ansehen, eine Hundemethode, etwas Nebensächliches zum Wichtigsten zu machen, um mögliche Aggressionen seines Gegenübers bedeutungslos zu machen.
„Am späten Nachmittag war Winter hier, vielleicht so um fünf. Er fuhr kurz auf den Platz", sagte Christian und las die Beschriftung auf einer Plastikpackung.
„Was wollte er?"
Christian hob die Schere aus dem Kasten, schnippte mit ihr, prüfte mit dem Daumen die Schneide. „Keine Ahnung, nur gucken, ob alles in Ordnung ist." Er legte die Schere zu den Verbänden.
„Ob alles in Ordnung ist? Was redest du da?"
„Na ja, es ist ja sein Bauplatz. Ich meine, den kann er sich doch mal angucken. Das macht man doch so, als Bauherr."

„Warum hab ich das Gefühl, du redest um etwas herum?"
Christian hatte den gesamten Inhalt des Kastens ausgepackt und auf jedes Teil mit dem Finger getippt. „Ich fürchte, es ist nichts dabei für deine Lippe. Eigentlich müssten in solchen Kästen doch auch Cremes sein. Na, vielleicht war die mal da drin."
In diesem Augenblick stieß Daniel Goly die Tür auf. In der einen Hand hielt er die Pistole, mit der anderen zeigte er auf Christian. „Da, siehst du! Die Mütze!"
„Sieh an, eine Sig-Sauer 226, Kaliber 9 Millimeter." Christian drehte den Kopf, um die Waffe von der Seite zu sehen, dann neigte er sich nach vorn und blickte in den Lauf.
„Zurück an die Wand", befahl Goly.
„Oh, ein Erschießungskommando. Wie schön." Christian Tarer stand auf und zog Brahms mit sich ans Ende des Wohnwagens. „Hoffentlich verbindet er uns vorher die Augen."
Daniel Goly riss die Schubladen des Schreibtisches auf, durchwühlte sie, dann öffnete er den kleinen Schrank unter der Herdplatte, holte die Wasserflaschen heraus und stapelte die Suppendosen.
„Davon ernährst du dich?", fragte Brahms.
„Nur bei plötzlichen Hungerattacken."
Goly rückte den Schrank von der Wand ab, um dahinter zu sehen. Schließlich riss er noch die Regenjacken an der Tür von den Haken.
„Können wir irgendwie helfen?", fragte Christian.

Goly brummte und verließ den Wagen. Hinter ihm knallte die Tür zu.
Christian grinste. „Übrigens, es war – glaube ich – keine Kugel im Lauf“, sagte er leise. „Er hätte zuerst durchladen müssen.“
„Du kennst dich aus?“
„Ein bisschen.“ Christian ging bis zur Tür, öffnete sie und sah hinaus. „Er ist weg.“
„Er suchte die rote Jacke des Täters.“
„Des Täters?“
„Ralf Winter ist tot.“
„Tot? Ermordet?“
„Vermutlich. Auf dem Überwachungsvideo ist ein Mann mit einer Mütze wie deiner und einer roten Jacke zu sehen.“
„Er ist wirklich tot?“, wiederholte Christian. Und nach einer langen Pause, in der er seine Nase knetete, es ihm aber nicht gelang, ihren Buckel wegzumassieren und ihr ein griechisches Profil zu geben, fügte er hinzu: „Ach, du Scheiße.“
Er ließ sich auf den Schreibtischstuhl fallen und kam sofort wieder hochgefedert. „Ich muss leider weg.“
Brahms hielt ihn an der Schulter fest und hob die Nase in die Luft. „Kein Zweifel“, sagte er, „Angstschweiß.“
„Ja, ich hab ein paar Sachen für Ralf gemacht. Die muss ich wegbringen. Es ist besser, du weißt nichts davon.“ Christian wollte an ihm vorbei.
„Dies ist noch mein Parkplatz. Ich glaube, es ist besser, ich weiß alles.“

„Okay, komm mit.“ Christian ging zu einem alten Opel in der Ecke des Parkplatzes. „Das ist mein Wagen.“

„Du hast ein Auto? Das wusste ich nicht.“ Brahms konnte den Rost des Opels rieseln und den stündlich fallenden Öltropfen hören.

„Ralf Winter hat mir das Geld gegeben, damit ich die alte Karre kaufe.“ Christian schloss den Kofferraum auf, öffnete ihn und schob die Wolldecken und die Plastikfolie zur Seite. Ein schmaler Koffer kam zum Vorschein. Brahms erreichte der Duft von Leder und Maschinenöl. Tarer hob den Deckel des Koffers, auf blauem Samt präsentierten sich je drei schwarze Pistolen in drei Lagen.

„Was ist das?“, fragte Brahms.

„Das nennt man Pistolen.“

„Idiot.“

„Verstehst du nicht, die bezahlen bei Winter, und bei mir kriegen sie die Ware. Und wenn jetzt die Polizei …“

„Du willst damit sagen, du handelst mit Waffen?“

Christian nickte. „Alles, was so anliegt.“

„Du bist ein Dichter! Ein Dichter!“

Christian hob beide Schultern, als wollte er seinen Kopf in seinem mageren Körper verschwinden lassen. Ihm wuchs ein Buckel. „Ich bringe ja niemanden um.“

„Ein Dichter!“

„Es gibt Vorbilder. Arthur Rimbaud, zum Beispiel, war auch Dichter und Waffenhändler. Ehrlich.“

7

Donnerstag, 22.00 Uhr

Ein letzter heller Teigstreifen im Mohnkuchen des Himmels. Brahms auf der Suche nach der Rosine.
Zurück in Hannas Bar. Nur noch wenige Gäste im Duft von Wein, Sprit und Bier, eine Zwischenzeit. Eine Stunde später würde sich das Partyvolk in der Bar drängen. Eine Station auf ihrem Weg durch den Kiez oder zum Hafen.
Leona schob das Rotweinglas über den Tresen. Er umschloss den Stiel des Glases und ihre Finger.
„Was ist mit deiner Lippe?" Sie wartete keine Antwort ab, befreite sich und beugte sich zu einer Tasche herab. Sie kam mit einer Salbe wieder hoch und tippte ihm mit dem Finger etwas davon auf die Wunde. „Es hat mich irgendwie angemacht", sagte sie, „als deine Freundin reinkam und dich geküsst hat."
„Ich weiß nicht, wer die Frau war."
„Du kennst sie nicht? Wirklich?"
Jetzt wusste er, woran sie ihn erinnerte. Mit ihren schwarzen Beinen und Armen. An eine Pudelhündin. Eine Hündin, die sich eine Katze hielt.
„Nein. Ich weiß nicht, wer das war."
Leona runzelte die Stirn. „Die kommt rein, küsst dich, und du kennst sie gar nicht?"

„Genau so ist es. Ich befürchte, sie hat mich mit irgendetwas infiziert."
„Eine Krankheit?"
„Ja, ich habe schon Symptome."
„Welcher Art?"
„Herzklopfen, Schweißausbrüche, wenn ich an sie denke."
„Liebe?"
„Oder so etwas Ähnliches. Es ist eine Krankheit, die zugleich gefühlsmäßig immun macht gegen das Auffinden von Toten, gegen die Beschuldigung, ein Mörder zu sein, und gegen das überraschende Geständnis eines Freundes, dass er Waffenhändler ist." Brahms erzählte ihr von Ralf Winters Tod. Hanna kam hinzu. „Der Winter mit dem Laden?"
Hanna kannte Winter als gelegentlichen Gast, der manchmal etwas zu laut jedem erzählte, dass er einen Erotik-Shop auf der Reeperbahn besäße.
„Weißt du, es war diese Mischung aus Stolz auf seine Selbstständigkeit und dem Wissen, dass ihn die bürgerliche Welt für diese Art von Geschäft verachtete."
Leona schüttelte den Kopf. „Die verachtete ihn nicht, der spielte jede Woche Doppelkopf im Kalenbach mit dem Apotheker, einem Arzt, glaube ich, und dein Jürgen war früher auch dabei. Ich hab da mal bedient."
„Welcher Jürgen?" Brahms sah Hanna an. „Habe ich da was nicht mitgekriegt?"
Sie grinste. „Meine große Hoffnung."
„Hoffnung?"

„Ich glaube, er macht mir einen Antrag. Jedenfalls haben wir uns schon zusammen Landhäuser angesehen."
„Kenne ich ihn?"
„Braucht er deine Genehmigung? Die letzten Abende war er oft hier."
„Ah, jetzt weiß ich, wer es ist. Der Blonde mit den kurzen Locken. Immer in Anzug und Krawatte, die Arme auf die Tischplatte gestemmt." Ein bellender gelber Hund hinterm schützenden Zaun, dachte Brahms. Ein Bastard aus Dogge und Windhund.
„Jürgen Mistral, er ist Makler", sagte Leona und zog dabei die Mundwinkel etwas herab. Sie schien nicht viel von ihm zu halten.
„Und das Kalenbach ist in Altona, nicht wahr?" fragte Brahms. „In diesem Viertel, in dem es nur Einbahnstraßen gibt. Wenn man einmal hineingefahren ist, findet man nie wieder hinaus."
„Ja, es ist bei mir um die Ecke", antwortete Leona. „Der Winter hat da auch eine Wohnung."
„Mach Schluss", mischte sich Hanna ein. „Ich mach weiter. Es ist ja nicht mehr viel los."
Leona nickte und ging nach hinten in die Küche. Hanna nahm das Trinkgeld aus dem Glas, zählte und wechselte es. Leona kam nach vorn. Sie hatte eine rote Jacke übergezogen und schleppte ein großes Paket. Es hätte eine verpackte Kinderleiche sein können. „Kannst du mich nicht nach Hause fahren?", fragte sie Brahms.

„In das Einbahnstraßenviertel?"
Sie nickte. „Ich zeig dir, wie du wieder rauskommst."
Er nahm ihr das Paket ab, wog es prüfend in der Hand.
„Es ist ein Kratzbaum für meine Katze", sagte sie.
Hanna gab ihr das Trinkgeld.
Brahms ging mit ihr zum Parkplatz. Leonas Jacke war hinten einfach nur rot, ohne schwarze Streifen, aber Brahms dachte, dass es einfach wäre, solche Streifen aufzukleben, um einer Jacke scheinbar Unverwechselbarkeit zu geben. Die Fixierung der Verfolger auf ein V wie Victory.
Christian Tarer war nicht da, der Kassenwagen war unbesetzt. Auch der alte Opel war verschwunden. Brahms schob den Kratzbaum auf den Rücksitz seines Golfs.
Leona dirigierte ihn nach Altona. „Hanna sagt, du arbeitest auch als Detektiv?"
„Na ja, ich versuche es."
Sie hatte die Füße auf den Sitz hochgezogen und den Gurt um die Knie gelegt. „Und als Musiker?"
„Ich bin Gitarrist in der Band von Nils Noll. Du hast mich doch gesehen."
„Da ist doch der Sänger gestorben."
„Robert Manley."
„Der ist ermordet worden, nicht wahr?"
„Ja."
„Hast du das aufgeklärt?"
„So in etwa."

„Dann bist du doch ein richtiger Detektiv."
Samt angezogenen Beinen drehte sie sich auf dem Sitz, um sich ihm vollkommen zuzuwenden. Dann beugte sie sich vor und küsste ihn auf die Wange. „Ich wollte schon immer mal einen Detektiv küssen."
Durch die hochgezogenen Beine hatte sich der Rock zurückgeschoben, und nun wirkte es tatsächlich so, als wären T-Shirt und Strumpfhose nur aus einem einzigen Teil.
„Weißt du", fuhr er fort, „die Detektive im Kino oder im Fernsehen, die gibt es nicht. Man denkt immer, ein Krimi wäre der Wirklichkeit näher als andere Filme oder andere Literatur. Aber Krimis sind genau das Gegenteil. Sie sind die Märchen von heute. Eine Detektei zu betreiben, ist mühsam. Ich lehne die meisten Jobs ab, ich habe keine Lust, den Ehemännern betrogener Ehefrauen nachzuspionieren. Deshalb war ich froh, als mir Ralf Winter den Parkplatz verpachtete. Das brachte sogar genug ein, um auch noch einen Parkplatzwächter anzustellen."
„Und hast du jetzt den Auftrag, den Mörder zu finden?"
„Kann man so sagen."
„Hanna sagt auch, du bist eigentlich reich und musst gar nicht arbeiten."
„Brahms – Kaffee wie Musik."
„Genau."
„Das ist die Firma meines Vaters. Kaffeeimport und Rösterei. Ich soll langsam die Geschäftsführung übernehmen."

„Warum machst du es nicht?"
„Erstens, weil mein Vater niemals die Leitung wirklich abgeben würde. Zweitens, weil das Unternehmen keine Zukunftschancen hat, und drittens, weil ich selbst etwas aufbauen möchte."
„Verstehe. Ich studiere Design, aber wenn ich genug Geld zusammen habe, will ich eine Tierhandlung aufmachen."
„Wirklich?"
„Ich kann gut mit Tieren."
„Ich habe es als Kammerjäger probiert. Ich kann Tiere gut aufspüren."
„Und töten?"
„Deshalb habe ich wieder aufgehört."
Sie bogen beim Kalenbach um die Ecke.
„Warum studierst du Design?", fragte er.
„Einfach nur so."
Leona wohnte in einer der baumlosen engen Straßen. Arbeiterhäuser aus dem 19. Jahrhundert, als Altona für die Hamburger noch Zollausland war und sich die Industrie hier ansiedelte.
„Mottenburg", kommentierte Brahms. „Hier haben die Arbeiter gewohnt, die durch die schlechten Arbeitsbedingungen in der Glasindustrie und beim Zigarrendrehen Löcher in der Lunge bekamen."
Leona zeigte auf ein altes Haus. Er hielt neben parkenden Autos an.
„Da oben wohne ich. Kommst du nicht mit rauf?"
„Lieber nicht."
„Wie meinst du das?"

„Hunde und Katzen, das geht nicht gut."
Leona lachte. „Hanna sagt auch, du bist wie ein Hund. Sie behauptet, du bist unter Hunden aufgewachsen."
„Stimmt. Und wenn du die Hunde fragst, behaupten sie, ich wäre ihr König."
„Meine Katze muss man einfach lieben. Komm schon mit hoch."
„Würdest du mir etwa auch noch einen Kaffee machen?", fragte Brahms.
Leona grinste. „Klar."
„Deiner Katze würde das nicht gefallen, wetten."
„Du wirst Miezi wirklich mögen. Sie ist klein, puschelig und schnurrt immer gleich."
Parkplätze gab es in diesem Viertel nicht. Brahms fuhr ein kleines Stück weiter und parkte im Halteverbot. Er trug Leona den Kratzbaum nach oben. Sie schloss die Tür auf, weiter kamen sie nicht. Die Katze versperrte den Zugang. Schwarzes Fell und weiße Pfoten. Sie buckelte, plusterte sich zur doppelten Größe auf und fauchte Brahms an.
Leona beugte sich herab. „Miezi. Du bist doch sonst so lieb."
Sie versuchte, ihre Katze zu beruhigen und zu greifen. Sie schrie auf.
Über ihren Handrücken zogen sich drei Kratzer. Sie ergaben den Buchstaben Z.
Das Kunststück hatte Brahms zuletzt in einem Zorrofilm gesehen. Der Held hatte es mit der Peitsche auf die Stirn seines Gegners geschlagen.

8

Donnerstag, 22.30 Uhr

Brahms hob die Nase in die Nachtluft der Stadt. Der kurze Regen war zu dünn gewesen, um sie zu reinigen, er hatte eher wie ein Lösungsmittel gewirkt. Eine Mischung aus Blut und Liebe, Sehnsucht und Gefahr lag in der Luft. Die Häuserfassaden wirkten wie eine Pappdekoration, hinter der die Bewohner in ihren mit Müll angefüllten Baracken farbige Flüssigkeiten tranken, um sich in Mr. und Mrs. Hyde zu verwandeln. Bierschwaden, blaues flackerndes Fernsehlicht.
Brahms sog die Luft ein, aber seine Nase bekam nicht zu fassen, was außerdem noch in der Nacht schwebte. Etwas, das sich nicht zu einem Bild verfestigte. Spuren eines giftigen Gases, das aus den Hautporen eines einzelnen Menschen strömte. Er sah sich um, aber die Straße war leer. Leonas Fenster warf ein leuchtendes Rechteck auf das Pflaster. Sie selbst als Schattenriss. Die Härchen richteten sich in seinem Nacken auf. Er knurrte eine unbekannte Gefahr an, wich vor dem Licht zurück auf die andere Straßenseite. Aber nichts regte sich, es blieb nur ein Gefühl, so dass er sich schließlich schüttelte und zu seinem Wagen ging. Er fuhr langsam, bog ziellos ab und war kurz gefangen

im Einbahnstraßensystem, bis sich ein Weg zurück öffnete.
Er fuhr auf dem Elbhang die breite Palmaille hinunter. In der Mitte der Straße Bäume, wie mit dem Lineal angelegt. Aber flaniert wurde hier sicher nie. Den weißen Stadtpalais der Reeder, Baumeister und Banker auf der rechten Seite war anzusehen, dass die Bewohner schon immer mit dem Rücken zur Straße lebten. Brahms wartete darauf, dass sich die Häuserreihe öffnete. Nur kurz bot sie den Blick auf das schwarze Wasser der Elbe und die erleuchtete Hafenlandschaft auf der anderen Seite.
Brahms bog bei den Landungsbrücken wieder Richtung Reeperbahn ab. Vor dem Lehmitz fand er einen Platz im Parkverbot. Er sah sich nach eventuellen Kontrolleuren um.
An einem Laternenpfahl flatterte ein Zettel mit dem Foto eines Mädchens und der Aufforderung, sie solle sich melden. Einen Augenblick überlegte er, ob das eine Möglichkeit war, die Fremde aus Hannas Bar wiederzufinden. Aber was sollte er daraufschreiben?
Dann ging er schräg über die Straße und kletterte über das Gitter auf der Fahrbahninsel. Vom Spielbudenplatz aus sah er noch einmal zurück zu seinem Wagen. Dann betrat er das Restaurant. Der Besitzer, der damals bei der Fußballübertragung bei Winter dabei gewesen war, stand am Tresen. Er hatte sich einen grauen Schnurrbart wachsen lassen.
„Haben Sie Ralf Winter gesehen?"

Der Restaurantbesitzer lachte einmal kurz. Er ließ es wie ein Husten erscheinen, dabei bliesen sich seine Oberlippe und seine Wangen auf. Der Bart spreizte sich. Für einen Moment gab ihm der Husten die Physiognomie eines Riesenschnauzers.

„Jeden Ersten im Monat. Der kassiert die Miete noch mit der Hand."

„Das hier gehört ihm?"

Wieder der lachende Husten und die Verwandlung. „Ich bin Winters Untermieter. Und Winter ist Untermieter eines Untermieters eines Untermieters. So ist das."

„Waren Sie jemals wieder zum Fußball bei ihm?"

Der lachende Husten wurde zu einem nicht enden wollenden Anfall. „Nee, mit Winter kommt doch keiner zurecht."

„Da war doch noch dieser Julian Breuer?"

„Der mit seiner Boutique?"

„Woher kennt er ihn?"

„Den hat er, glaube ich, mal im Urlaub kennengelernt."

„Und warum kommt mit Winter keiner zurecht?"

„Der dröhnt immer nur rum, was für ein toller Kerl er ist. Einen stillen Teilhaber habe ich mir anders vorgestellt."

„Er ist Teilhaber bei Ihnen?"

„Mehr Haber als Teil." Wieder das Lachen, das diesmal aber eindeutig in einem Abhusten endete. Brahms sah auf seine Jacke. Kleine Spucketropfen des Restaurantbesitzers hatten sich wie gelber Tau darauf gesammelt.

„Sie würden ihn gern loswerden?“

„Da können Sie Gift drauf nehmen.“

Brahms hob die Hand zum Abschied. „Ich hoffe, Sie werden wenigstens Ihren Husten los.“

„Welchen Husten?“

Brahms rieb mit den Ärmeln die Vorderseite seiner Jacke trocken. Er ging zurück zu seinem Auto und fuhr bis zum Parkplatz. Christian war wieder da. Er kam aus dem Bauwagen und lehnte sich draußen mit dem Rücken an den Türrahmen.

„Wo warst du?“

„Ich musste mal weg, meinen Wagen verschwinden lassen“, sagte er. „Übrigens, kaum warst du weg, da kam einer und hat sich beschwert, sein Wagen hätte einen Kratzer bekommen.“

Brahms blies die Luft aus, ließ die Lippen flattern. „Parken auf eigene Gefahr, so wie das ganze Leben.“ Er zeigte auf das Schild an der Einfahrt.

„Habe ich ihm auch gesagt. Er wollte die Polizei holen und das aufnehmen lassen, um Schadenersatz von uns zu fordern.“

„Wegen eines Kratzers?“

„Na ja, es war ein bisschen mehr. Ich habe das anfangs auch nicht gesehen.“

„Du weißt, wie es passiert ist?“

„Ja, da hat am frühen Abend neben ihm eine Frau ihren Wagen geparkt, die muss das gewesen sein.“ Christian

Tarer löste sich von dem Bauwagen, schwankte und stieß die Hände tief in die Hosentaschen.
„Was heißt: ‚muss'?"
„Also, ich sag mal, sie war es." Er ließ sich die Haare ins Gesicht fallen, verbarg seinen Blick dahinter.
„Komm, nun erzähl schon!"
„Sie hatte es sehr eilig, als sie davonfuhr. Und hat ihn beim Rausfahren mit dem Heck erwischt."
„Autonummer?"
„So ein silbergrauer Golf. Ich habe die Nummer nicht aufgeschrieben." Christian betrachtete seine Schuhe, malte mit der Schuhspitze Halbmonde in den Kies.
„Wieso nicht?", knurrte Brahms.
Christian hob den Kopf, sah an ihm vorbei.
„Aber wir schreiben doch immer die Nummern auf die Parkscheine. Wo ist die Kopie?"
Christian blickte ihn jetzt an, hob einen Mundwinkel. „Habe ich weggeworfen." Jetzt grinste er mit beiden Mundwinkeln. „Also, sie gab mir einen Hunderter und meinte, sie wäre gar nicht hier gewesen. Verstehst du?" Er strich sich die Haare aus dem Gesicht. „Der Hunderter liegt in der Kasse", fügte er schnell hinzu.
„Erst entpuppst du dich als Waffenhändler ..."
„Psst." Christian schüttelte den Kopf. „Nicht so laut."
„Wonach riecht das Ganze?"
„Ich sag mal, nach Scheidungskrieg. Wahrscheinlich war sie hinter einem dieser braven Ehemänner her, um ihn mit seiner Geliebten zu fotografieren."
„Eine Privatdetektivin?"

„Ja, sie sah so aus. Irgendwie verkleidet. Aber vielleicht war sie sogar die Betrogene selbst. Hatte gerade den Ehemann überrascht und ihn samt Geliebter umgebracht."
„Wie sah sie aus?"
„Ziemlich hübsch. Ganz in Schwarz. Große Nase und Haare wie ein Schäferhund."
„Was?"
„Was ‚was'?"
„Das könnte sie gewesen sein!"
„Wer?"
„Warum erzählst du mir das jetzt erst?"
„Na, vorhin gab es Wichtigeres. Der Platz gekündigt. Winter ermordet."
„Versuche dich an irgendein Detail der Frau zu erinnern."
Christian fuhr sich mit beiden Händen durch das Haar, strich es glatt zurück. „Habe ich doch schon gesagt. Ich glaube, sie hatte auch noch so eine Bauchtasche am Gürtel hängen. Wie die Touristen manchmal."
Brahms stürmte in den Bauwagen und leerte den Papierkorb aus. Zwischen den Papierfetzen suchte er nach dem Parkschein.
Christian kam langsam hinterher.
„Wo ist der weggeworfene Parkschein?"
„Hier", sagte Christian und zeigte auf die Asche in einem Aschenbecher. „Wenn ich etwas mache, mache ich es gründlich."

9

Donnerstag, 23.15 Uhr

Er ging wieder zu Hannas Bar, immer noch in der Hoffnung, die Unbekannte würde es ebenfalls dorthin treiben. Am Tresen saßen wieder einmal betrunkene Dänen und unterhielten sich wie Krähen in den Baumkronen. Ab und zu flog einer hoch und versuchte, bei Hanna zu landen. Wahrscheinlich hatte es sich in ganz Dänemark herumgesprochen, dass Hanna ihre Bar nur eröffnet hatte, um als Enddreißigerin endlich den Mann des Lebens einzufangen.

Brahms' Freund, der Porträtmaler Thoralf Wellmann, saß allein an einem der Tische und zeichnete in eines der Skizzenbücher, die hier immer für ihn bereitlagen. „Unsere betrunkenen Nachbarn besetzen auf das Rücksichtsloseste unsere Tresen, weil wir einst ihr ganzes Land besetzt haben."

Brahms nahm ihm gegenüber Platz. Thoralf hatte sich in letzter Zeit das graue Haar länger wachsen lassen. Sein Kopf hatte Ähnlichkeit mit den Büsten Julius Cäsars bekommen. „Warum heiratest du Hanna nicht und erlöst sie von solchen Bewerbern?", fragte Brahms. „Ich würde doch nur die Seite des Tresens wechseln. Diesseits herrscht das Vergnügen, auf der anderen Seite die Arbeit." Er senkte die Stimme und flüsterte: „Jeder, der an Hanna Gefallen findet, bemerkt schnell, dass er über den Tresen gezogen werden soll. Aber es wäre mir auch egal ..."

Thoralf warf den Stift von sich und lehnte sich zurück. Der Bleistift rollte über den Tisch, Brahms fing ihn auf, bevor er von der Tischkante fiel.

„Du kommst ja auch nicht mehr als Bewerber in Frage. Wie man hört, hast du eine neue Freundin", sagte Thoralf.

„Wer sagt das?"

„Hanna."

„Ich weiß nicht, wer die Frau war und warum sie über mich hergefallen ist."

„Kommt das mit deiner Lippe von ihr?"

„Leider nicht."

„Gib zu, du hast die Frau engagiert. Selbst Leona soll anschließend ganz rollig gewesen sein."

„Hunde und Katzen passen nicht zusammen."

Thoralf drehte seinen Skizzenblock herum, schob ihn Brahms zu. Es war das Porträt eines Mannes. Ralf Winter.

„Letzte Woche", sagte Wellmann ohne aufzublicken, „saß ich mit ihm hier am Tresen, und er machte mir Hoffnung, jedes seiner geplanten Hotelzimmer mit einem meiner Gemälde auszustatten. Er behauptete, die notwendigen Investoren zusammenzuhaben."

„Du hast es also schon gehört."

„Mit dieser schmeichelhaften Zeichnung versuche ich, wenigstens noch den Auftrag für die künstlerische

Gestaltung seines Grabsteins zu bekommen." Wellmann grinste. „Natürlich wird man ihn einfach nur irgendwo verscharren. Solche Leute werden gemeinhin nur verscharrt und nicht beerdigt. Außerdem mochte ich den alten Aufschneider nicht."

„Diese Investoren – hat er darüber noch etwas gesagt?"

„Ja, dass ihm ehrbare Leute das Geld bar und in Bündeln hinterherwerfen. Schwarzgeld."

Hanna kam, brachte die Flasche und ein weiteres Glas für Brahms.

„Glaubst du die Geschichte mit der schönen Unbekannten, die reinkommt und über Brahms herfällt?", fragte Wellmann. „Guck dir diesen hässlichen Kerl an. Ich glaube, er hat eine Menge Geld für die Fremde bezahlt. Denn die beste Art, Frauen auf sich aufmerksam zu machen, ist die Begleitung einer schönen Frau."

Hanna setzte sich zu ihnen. „Gilt das auch umgekehrt?"

„Nein. Frauen machen am besten auf sich aufmerksam, wenn sie Alkohol ausschenken. Das siehst du doch gerade an der Zahl der Verehrer vor deinem Tresen."

Hanna ging nicht darauf ein. Thoralf Wellmann wollte von Brahms wissen, wie er Ralf Winter gefunden hatte. Brahms beschrieb die Szenerie und die Ereignisse in Winters Laden.

„Du bist also deinen Parkplatz los und hast dafür den Auftrag, den Mörder zu fangen?", fasste Wellmann zusammen.

„Möglicherweise habe ich den Auftrag von dem Mörder bekommen."
„Das wäre mal ganz was Neues."
„Ich glaube, in irgendeinem Kriminalroman gab es das schon mal."
„Dies ist die Wirklichkeit, mein Freund."
„Bist du sicher?"
Thoralf Wellmann hob sein Rotweinglas. „Nur die Wirklichkeit macht betrunken. Das ist das Schöne daran."
Die Dänen an der Bar protestierten, weil sie allein gelassen worden waren, und Hanna ging zurück. Einer stellte sich vor ihr mit ausgebreiteten Armen auf, wollte tanzen. Sie duckte sich und ging um ihn herum hinter den Tresen.
„Eine Vase als Geldversteck, das ist ideal", sagte Thoralf. „Weil da normalerweise Wasser reinkommt, vermutet niemand an einem solchen Ort Geld."
Brahms kräuselte die Nase. „Vasen sind ganz gewöhnliche Verstecke. Für alles Mögliche. Ich glaube, das habe ich schon bei Tim und Struppi gelesen."
„Es war auf jeden Fall Raubmord?", fragte Wellmann.
„Wenn denn wirklich Geld in der Vase war." Brahms rieb sich die Nase. „Die ganze Zeit hab ich das Gefühl, dieser Fall löst sich allein durch Nachdenken. Aber immer wenn ich es versuche, kommt diese Frau dazwischen. Und dieses Parfum."
„Was für ein Parfum?"
„Es riecht nach Heu."

Thoralf lachte. „Das ist nur der Beweis, dass sie in Heuschobern übernachtet. Eine Landstreicherin. Glückwunsch."
Hanna winkte vom Tresen aus mit ihrem Handy, dann kam sie zu ihnen. „Es ist Leona. Sie weint und ist ganz aufgelöst. Sie ist in ihrer Wohnung überfallen worden. Du musst zu ihr fahren."

10

Donnerstag, 23.55 Uhr

Leona öffnete weinend die Tür. Ihr Gummikörper war erschlafft, der Kopf hing herab, die schwarze Strumpfhose war am Schienbein zerrissen. Sie zitterte, führte mit den Armen Bewegungen aus, die kein Ziel hatten. „Ich finde Miezi nicht wieder. Sie ist weg. Er hat sie umgebracht.“ Dunkle Streifen liefen parallel von beiden Augen über die Wangen.

Brahms nahm sie in den Arm und führte sie in die Wohnung. Sie gingen in die Küche. Thoralf Wellmann folgte, kniete sich hin, guckte unter die Möbel und rief nach der Katze. Brahms wollte Leona auf einen Stuhl setzen, aber Leona wehrte sich. „Nicht den, darauf hat er mich gefesselt.“ Sie wies auf ein Verlängerungskabel. „Ich dachte, der bringt mich um.“

Sie führten sie ins Wohnzimmer. Auch hier rutschte Wellmann auf den Knien herum und suchte die Katze. Brahms setzte sich neben Leona aufs Sofa. Er hielt sie mit einer Hand immer noch an den Schultern fest, mit der anderen zupfte er ein Taschentuch hervor und gab es ihr.

Sie kam sofort wieder hoch. „Oh je, ich muss schrecklich aussehen.“

Sie ging ins Bad. Als sie ihr Gesicht im Spiegel sah, begann sie erst recht zu weinen. Sie rieb sich mit beiden Handflächen über die Wangen. Spuren schwarzen Regens.
„Der Kerl hat deinen Namen an der Tür genannt", schluchzte sie. „Ich dachte, du bist es."
Sie zog einen Wattebausch aus einer Dose und tränkte ihn mit Öl, um sich damit das Gesicht zu säubern.
„Und als er in die Wohnung kam, hatte er so eine Skimütze auf, die das Gesicht verbirgt. Er hat mir den Arm umgedreht und den Mund zugehalten. Ich dachte, jetzt ist es aus, das war's, der bringt mich um."
Über die gesäuberten Wangen liefen erneut Tränen. „Was soll ich denn jetzt machen?"
„Wir rufen die Polizei."
„Aber er hat gar nichts mitgenommen, glaube ich. Nur Miezi ist weg. Vielleicht hat er sie ... als Geisel." Sie ließ die Arme fallen, lehnte sich an eine Wand.
„Beruhige dich. Deine Katze wird sich versteckt haben."
Sie ließ sich an der Wand neben dem Klobecken herabrutschen und rief den Namen ihrer Katze.
„Was hat der Kerl denn gewollt?", fragte Brahms.
„Er hat mich auf dem Küchenstuhl festgebunden und die ganze Wohnung durchsucht."
„Wie konntest du dich befreien?"
„Es war nicht so fest. Komm mal mit."
Sie stand auf und führte Brahms ins Schlafzimmer. Der Schrank stand offen, die Kleidungsstücke waren herausgezerrt und im Zimmer verstreut worden. Nur die Handtücher lagen noch gestapelt im Schrank. Oben

auf dem Kleiderberg lag eine rote Lederjacke. Brahms nahm sie in die Hand und drehte sie herum. Sie hatte einen glatten roten Rücken.
„Genau die hat er auch in der Hand gehabt und die Rückseite unter der Lampe in der Küche untersucht. Und dann hat er sie anprobiert. Aber sie war ihm natürlich viel zu klein. So ein Idiot."
Wellmann kam, legte den Finger an die Lippen. „Ich hab's irgendwo Miauen gehört. Seid mal ruhig."
Sie lauschten alle drei. Leona zog die Nase hoch.
„Ich suche sie gleich", sagte Brahms.
„Warum solltest du sie finden, wenn ich sie nicht finde?", fragte Thoralf.
„Weil ich besser riechen kann."
Leona runzelte die Stirn. „Stinkt es nach Katze, wenn man in die Wohnung kommt?"
„Nein", sagte Thoralf.
Brahms schwieg.
„Ihr Katzenklo steht auf dem Balkon. Ich hab extra eine Katzentür einbauen lassen", sagte Leona.
Wellmann ging ins Wohnzimmer, öffnete die Balkontür und rief nach Miezi.
„Welche Kleidung trug der Mann?", fragte Brahms.
„So einen schwarzen Trainingsanzug aus glänzendem Stoff. Sein Gesicht hab ich nicht gesehen. Er hatte immer diese Skimütze auf."
Wellmann kam zurück. „Vom Balkon kann sie nicht weiter. Es sei denn, sie ist runtergesprungen. Vielleicht hat er die Katze wirklich mitgenommen?"

Leona begann wieder zu weinen. „Er hat gesagt, wenn ich die Polizei rufe, würde ich das bereuen."
„Jetzt wartet mal ab. Setzt euch ins Wohnzimmer. Seid still. Ich suche die Katze." Brahms ging durch alle Räume und bekam plötzlich einen dünnen Geruchsfaden zu fassen. Eine Angstspur. Sie führte ihn ins Bad zurück. Dann hörte er das Knistern im geschlossenen Mülleimer. Er öffnete ihn. Die Katze lag zusammengekauert darin. Erst jetzt begann sie zu miauen. Eine ihrer Pfoten war blutig. Brahms schloss den Eimer wieder und trug ihn ins Wohnzimmer. Er gab ihn Leona. „Da drin. Er hat sie hineingeworfen."
Sie öffnete den Eimer, nahm ihre Katze in die Arme, legte ihr Gesicht auf sie. Wieder schossen ihr die Tränen aus den Augen.
„Es sieht so aus, als habe sie versucht, sich und dich zu verteidigen", sagte Brahms. „Ich glaube, eine ihrer Krallen ist herausgerissen." Brahms nahm sein Telefon aus der Tasche. „Ich weiß ziemlich sicher, wer der Mann war. Daniel Goly, der Verkäufer aus Winters Laden. Er denkt, ich bin der Mörder, und er sucht eine bestimmte Jacke. Aber damit ist jetzt Schluss. Ich rufe seinen Chef an."
Er wählte die Nummer von Winters Laden.
Jemand meldete sich mit Ja.
„Ich möchte Ulf Winter sprechen", sagte er.
„Brahms? Sind Sie das etwa?"
Erst jetzt erkannte er die Stimme. Es war Bernd Petersen, Kommissar bei der Hamburger Mordkommission und Schulfreund seines Vaters.

„Brahms? Sagen Sie mal, ich bekomme Besuch und wollte in ein gutes thailändisches Restaurant gehen. Welches können Sie mir empfehlen?“ Es war typisch für Bernd Petersen, mit einer Frage über Essen oder Restaurants abzulenken.
„Ich wollte Ulf oder Ralf Winter sprechen.“
„Und was ist mit dem Restaurant?“
„Ich würde ins Phuket gehen. Adolf-Schönfelder-Straße.“
„In Barmbek?“
„Ja, genau. Was ist nun mit Ralf Winter?“
„Ralf?“, fragte der Kommissar nach.
„Ja, ist er da?“
„Nein, tut mir leid, der ist im Augenblick nicht zu sprechen.“
„Was machen Sie eigentlich dort?“, fragte Brahms.
„Yam Nü, was halten sie von Yam Nü als Vorspeise?“
„Petersen?“
„Oder lieber Satay-Spieße?“
„Petersen? Ist was passiert?“
„Nein. Nichts. Nur eine Routineangelegenheit.“
„Ach, Routine? Hätte ich mir denken können.“ Brahms machte eine Pause, räusperte sich. „Und warum kann ich Ralf Winter nicht sprechen?“
„Der ist gerade auf der Toilette.“
„Ach so. Dann rufe ich später noch mal an.“
„Und machen Sie mir ein paar Vorschläge, für das Menü.“

11

Freitag, 0.40 Uhr

„Du hättest bei ihr bleiben sollen", sagte Thoralf Wellmann.
Sie fuhren von Altona über die Max-Brauer-Allee zu Wellmanns Wohnung in der Schanze.
„Ihre Katze mag mich nicht", sagte Brahms.
Sie hielten an einer roten Ampel.
„Und wie ist es mit dir?", fragte Brahms.
„Mich mag sie."
„Die Katze?"
„Leona ist erst nächste Woche dran."
„Wie meinst du das?"
„Ich habe mich mit ihr verabredet. Ich werde sie malen. Ich muss Frauen immer erst malen."
Die Ampel sprang auf Grün. Brahms fuhr wieder an.
Sie kamen in die Nähe der Kreuzung Holstenstraße.
„Rechts geht's zur Reeperbahn", sagte Wellmann.
„Ich denke, du wolltest nach Hause."
„Hab ich das gesagt?", fragte Wellmann.
„Bist du betrunken?"
„Schon den ganzen Abend. Weißt du, wenn du den ganzen Tag mit hochgiftigen Farben arbeitest, also ständig dem Tod ins Auge blickst, dann bleibt dir

nichts anderes, als abends einen Schluck farbigen Alkohol zu trinken."

„Hast du mir nicht neulich erzählt, die Farben wären gar nicht mehr giftig? Im Cadmium-Gelb wäre gar kein Cadmium mehr drin."

„Habe ich das? Kann sein."

Die Ampel an der Kreuzung sprang auf Rot. Brahms hielt.

„Was könnte die Stadt an Geld sparen, wenn sie nachts die Ampeln ausschalten würden. Vielleicht sollten wir doch noch kurz in Hannas Bar", sagte Thoralf.

„Du hast gesagt, deine Schwester käme aus Portugal zu Besuch und stünde vielleicht schon vor der Tür."

„Oh ja, richtig. Uta. Sie wohnt bei mir. Ihre Freundin fährt regelmäßig mit dem Auto nach Hamburg, und diesmal ist sie mitgekommen. Gut, bring mich nach Hause. Obwohl, sie hat einen Schlüssel für meine Wohnung. Aber ich traue ihr nicht. Wenn ich mir vorstelle, sie zerrt meine Bilder hervor ..."

Sie kamen an die Kreuzung Stresemannstraße. Die Straßen duckten sich unter der riesigen Eisenbahnbrücke. In den Astra-Stuben unter der Brücke spielte eine Band. Die Tür öffnete sich, spuckte ein paar schräge Akkorde und zwei betrunkene Jugendliche aus, die vom Fußgängergitter aufgefangen wurden.

„Rechts", sagte Thoralf.

„Du willst doch nach Hause."

„Richtig. Geradeaus."

An der Kreuzung Schulterblatt war erneut Rot.

„Und wenn das alles, was du mir erzählt hast, gar nicht stimmt?“, fragte Thoralf. „Wenn deine Wirklichkeit gar nicht mit der Realität übereinstimmt?“
„Was?“
„Die haben dir ein Video gezeigt, aber ob das zum Zeitpunkt des Todes aufgenommen wurde, weißt du nicht. Du hast eine Leiche gesehen, die keine gewesen sein muss. Und damit sich dein falsches Bild der Wirklichkeit verfestigt, inszeniert dieser Goly eine Jagd auf eine rote Jacke.“
Brahms nickte.
„Vielleicht“, fuhr Thoralf fort, „wurde das alles inszeniert, einschließlich deines Auftrags. Und in Wirklichkeit geht es um was ganz anderes.“
Die Ampel sprang auf Grün. „Rechts“, sagte Thoralf. „Ich glaube, im Saal II ist heute Marijke hinterm Tresen. Wir könnten kurz noch …“
„Du musst doch nach Hause. Uta, deine Schwester, wartet.“
„Puh. Richtig. Geradeaus.“
An der Kreuzung Schanzenstraße zeigten die Ampeln schon wieder Rot.
„Stell dir vor“, sagte Thoralf, „der ganze Abend, so wie du ihn in Erinnerung hast, hat gar nicht stattgefunden. Er war für dich inszeniert. Einschließlich meiner Person. Ich treffe mich jetzt mit diesem Winter und lasse mich auszahlen für meine Rolle.“
Thoralf kicherte. „Wenn er erfährt, dass ich alles verraten habe, wird er mir keinen Cent geben.“

Brahms bog ab und hielt vor Thoralfs Haus. „Und wie war es nun wirklich?"
„Bin ich der Detektiv oder du?" Wellmann stieg aus, winkte und ging mit vorgestrecktem Schlüssel, als wäre es eine Kompassnadel, auf die Haustür zu. Dann kam er noch einmal zurück. „Sag mal, braucht nicht jeder Detektiv einen Gehilfen? So einen Watson."
„Willst du dich bewerben?"
„Ja."
„Honorar?"
„Acht Prozent. Mehr als Bier, weniger als Wein."
„Gut, du bist eingestellt."
Brahms wendete und fuhr nach Eppendorf zu seiner Wohnung. Er dachte darüber nach, was er tun könnte, um die fremde Frau zu finden. Vielleicht könnte Thoralf morgen nach seinen Angaben ein Bild von ihr malen. Er würde es als Suchanzeige in der Zeitung veröffentlichen. Warum nicht? Er konnte Fotokopien an die Laternenmasten von St. Pauli kleben.
Er erreichte das Ende des Eppendorfer Wegs. Es gab keinen einzigen freien Parkplatz mehr. Er fuhr bis zum Lehmweg. Erst am Isebekkanal konnte er sein Auto parken.
Er spazierte zurück zu seiner Wohnung und beschrieb für Thoralf in Gedanken die fremde Frau. Die Haustür war nicht abgeschlossen. Er stieg die fünf Stufen zu seiner Wohnung hinauf. Seine Tür stand offen. Das Schloss war durch einen kräftigen Fußtritt aus dem Rahmen herausgebrochen worden.

Er lauschte in die Wohnung hinein. Nichts, nicht einmal ein Atemgeräusch. Er schob die Tür auf, sie schleifte quietschend über den Boden. Überall brannte Licht. Die Schränke und Schubladen waren geöffnet, Kleidungsstücke herausgerissen. Nach dem in der Luft liegenden Geruch konnte der Einbruch noch nicht lange her sein. Spuren von Schweiß und einem Körperöl. Sie ließen Brahms an einen Mann in einem schwarzen seidenen Jogginganzug denken.
Brahms holte seinen Werkzeugkasten aus der Küche und begann mit einer notdürftigen Reparatur der Tür. Durch den Lärm öffnete die Nachbarin ihren Eingang einen kleinen Spalt.
„Ach, Sie sind es, Herr Brahms. Gott sei Dank. Ich hab nämlich schon die Polizei gerufen, dass da ein Einbrecher sein muss. Ich bin durch den Knall aufgewacht und hab durch meinen Türspion geguckt. Aber ich hab den Kerl nicht gesehen."
In diesem Moment wurde die Haustür geöffnet. Zwei Beamte stürmten mit gezogenen Pistolen herein. Brahms hob die Hände.

12

Freitag, 9.50 Uhr

Er parkte am Schwanenwik in Höhe des Literaturhauses. Er war zu früh. Julian Breuers Boutique in der Parallelstraße öffnete erst um 10 Uhr. Er stieg aus und ging runter zur Alster. Plötzlich waren fast wieder Sommertemperaturen. An einem Kiosk standen zwei Handwerker in blauen Overalls, die sich über ihren Bäuchen wölbten. Sie tranken Kaffee mit abgespreizten Fingern und hatten gepflegte Hände. Brahms tippte auf Einbrecher mit dem Handwerkertrick. Er ging bis an den steinernen Rand der Alster, blickte über das Wasser. Das Stadtpanorama lag wie ein langes Schiff mit seltsamen Aufbauten im leichten Dunst. Die Sonne kämpfte sich durch Wolkenlücken. Ein Bild von einem Ferientag. Hatten die Bewohner der Häuser hinter ihm beständig ein Urlaubsgefühl? Vor Kurzem war in den Zeitungen diskutiert worden, an dieser Stelle wieder eine Badeanstalt zu eröffnen. Brahms wünschte sich, hier mit der Fremden zu stehen. Bei dem Gedanken an ihren Kussüberfall auf ihn sog er die Luft tief ein. Und plötzlich war er sich sicher, sie wiederzusehen.

Er ging zurück und spazierte bis zur Boutique. Im Schaufenster war ein grauer Anzug mit Fäden so dekoriert, als würde er von einem laufenden Mann getragen. Das Kunststück hatte Julian Breuer ohne Schaufensterpuppe vollbracht. Ein kleines Schild in der Tür wies auf die Öffnungszeit von 10 bis 19 Uhr hin. Aber die Tür war noch verschlossen.

Brahms ging die Straße entlang. Es gab eine Reihe kleinerer Geschäfte und mehrere Restaurants. Er erinnerte sich, in einem von ihnen gute Bratkartoffeln gegessen zu haben. Dann sah er Julian Breuer mit gebräuntem und neben ihm ein junges blondes Mädchen mit sehr weißem Gesicht herankommen. Er grüßte, tat so, als wolle er vorbeigehen. Aber Breuer blieb stehen. „Brahms, nicht wahr?“, fragte er.

Brahms nickte. „Ludwig Lutz Brahms.“ Breuer streckte ein wenig die Hand aus, zog sie aber wieder zurück. Brahms hatte ihn jünger in Erinnerung gehabt. Er war etwa Ende vierzig.

„Die Kaffee-Dynastie“, sagte Breuer und stellte ihn damit seiner Begleiterin vor. Das Mädchen gab ihm eine dünne Hand aus Frischkäse. „Brahms – Kaffee wie Musik“, ergänzte Brahms.

„Ich bin Lina“, sagte sie. „Den Spruch kenne ich aus der Werbung.“

„Meine Verlobte“, sagte Breuer.

Sie zog die Mundwinkel herab und wich von seiner Seite. Offensichtlich war ihr die Bezeichnung unangenehm. „Ich schließe schon mal den Laden auf“, sagte sie und ging.

Julian Breuers Gesicht füllte sich gleichzeitig mit einem Grinsen. Es bildeten sich zahlreiche kleine Falten, als wäre die braune Haut aus Papier. Es waren Breuers Bewegungen, die Brahms an einen Pinscher erinnerten. Kleine Schritte vor und immer wieder zurück.

„Es funktioniert immer“, sagte Breuer. „Ich stelle jede meiner Verkäuferinnen als meine Verlobte vor. Mit nur zwei Läden gibt's ja sonst keine Aufstiegschancen bei mir. Und wie läuft es beim Kaffee? Ich hab schon immer gedacht, ich sollte den zusätzlich verkaufen. Aber das passt wohl eher zu Damenmode.“

„Haben Sie Winter in letzter Zeit gesehen?“, fragte Brahms.

„Klar, wir fahren nächste Woche wieder gemeinsam für eine Woche an die Algarve. Ich habe da ein kleines Häuschen. Und ich lasse da unten viele Sachen produzieren.“ Während er sprach, ging er vor und zurück.

„Sie produzieren selber?“

„Umarbeiten, ich lasse umarbeiten.“ Er grinste, streckte seine Hände aus und betrachtete sie. Die Handrücken waren ebenfalls braun gefärbt mit einem deutlichen Gelbstich. Breuers Hautfarbe stammte nicht von der Sonne, sondern aus der Chemiefabrik.

„Sie kommen gut mit dem Winter zurecht?“ Brahms schmunzelte über den Doppelsinn.

„Nein.“ Breuer kam wieder heran und öffnete sein Jackett. Er zeigte das eingenähte Etikett mit der Aufschrift Design by Julian Breuer. „Im Original steht da ganz was anderes drauf.“

Brahms ging einen halben Schritt näher und nahm die Luft auf, die Breuers Körper durch das Öffnen des Ja-

cketts verließ. Ein Konglomerat an Düften und Körpergerüchen. Er beugte sich herab, um die Intensität zu erhöhen, scheinbar aber um das Etikett zu lesen. „Elegant gestaltet."
„Im Original eine Billigmarke." Breuer ging einen Schritt zurück und zwei kleine wieder nach vorn.
„Sie legen keinen Wert darauf, dass ich bei Ihnen Kunde werde?" Die Gerüche setzten sich in Gefühle um.
„Wenn ich Sie ansehe, weiß ich sofort, dass Sie nicht der Typ sind für meine Mode."
Aus den zu Gefühlen gewordenen Gerüchen wurden Bilder. Ein Kinderspielplatz mit kleinen Mädchen, eine lachende Frau, nackt, ein roter Kopf, ein drohender Finger, kleine Wälder, mit Stacheldraht durchzogen, eine Wüste ohne Oase. Fazit: Bluthochdruck, kleine Betrügereien, Gier mit hängender Zunge, ein bevorstehender Herzinfarkt, ein kleiner Hochstapler mit Impotenz. Berührungsängste.
„Aber Sie fahren mit Winter in Urlaub?"
„Haben Sie ihn mal im Ausland erlebt?" Zwei Seitwärtsschritte und zurück.
„Nein."
„Der zieht durch die Bars und Kneipen. Und vorher sagt er, wie viel Geld er in jeder Bar lässt. Zum Beispiel zweihundert Euro. Er sagt, er bezahlt nicht für Getränke, er bezahlt für Menschen. Dann trinkt er zwei Bier und gibt jeweils 95 Euro Trinkgeld. Und wenn der Kellner das nicht annimmt, verschenkt er es. Wenn wir dann in die dritte Kneipe ziehen, haben wir meist schon

eine Horde von zehn bis zwanzig Begleitern bei uns. Winter ist ein ganz verrückter Hund."
„Und dann?"
„Der bezahlt einfach für alles." Ein Schritt vor, ein Schritt zurück. Brahms hob die Hände.
„Lassen Sie mich raten, er bezahlt so lange im Übermaß, bis er alles umsonst kriegt."
Julian lachte, trippelte zurück. „Woher wissen Sie das?"
„Das letzte Mal haben wir noch Du gesagt."
„Okay. Ich bin Julian." Breuer kam wieder auf ihn zu, streckte die Hand nur so weit vor, dass Brahms es wohl übersehen sollte. Brahms griff danach und spürte das Zittern in Breuers Arm. Er spürte Ekel und einen kleinen Schweißausbruch. Der Mann konnte niemanden berühren, weder Männer noch Frauen.
„Lutz", sagte Brahms. „Aber Brahms und Du geht auch."
„Der Winter stellt in einer Woche so viel auf die Beine, wie andere in einem halben Jahr."
„Wie viel Geld gibt er dann in einer Woche aus?"
„Zehn-, vielleicht auch Zwanzigtausend." Er ging zur Seite, drehte sich. Brahms drehte sich mit.
„Verdient er mit dem Laden so viel?"
„Keine Ahnung." Er trippelte wieder zu dem alten Standort. „Und es interessiert mich kaum, woher er es hat. Sein Bruder soll ja jetzt alles übernehmen."
„Wirklich?"
„Er will irgendwelche anderen Geschäfte machen. Vom Ausland aus. Irgendwas mit Geld hin und her. Ich kümmere mich da nicht drum."

„Ich dachte, er will das Hotel bauen."
„Haben Sie – nee, du – den Parkplatz noch, oder ist das Grundstück schon weg? Er wollte es doch irgendwie tauschen mit einem anderen Grundstück in Brasilien oder so, aber ich weiß nichts Genaues." Eine halbe Drehung, fast ein Tanzschritt.
„Ich dachte, er hat Investoren für das Hotel?"
Breuer schüttelte den Kopf. „Kann sein. Ich investiere da nicht. Und schon gar nicht wie er sich das vorstellt, mit Schwarzgeld. Ich mache erst mal meinen dritten und vierten Laden auf. Meine eigene kleine Mafia." Zwei kleine Schritte auf Brahms zu.
„Winter jongliert mit Schwarzgeld?"
Noch einen Schritt näher. „Ich glaube, das ist sein Trick, er sammelt es ein und bringt es dann irgendwo unter. Aber ich weiß wirklich nichts. Du bist doch ein Freund von ihm." Zwei Schritte zurück. Der Ansatz eines Wiegeschrittes. Tango.
„Ich? Sein Freund? Ich glaube, der hat keine Freunde."
„Und wie läuft's nun mit dem Kaffeegeschäft?" Jetzt waren die Schritte eindeutig ein halber Tanz. Foxtrott, vielleicht auch Diskoswing. Brahms kannte sich da nicht aus.
„Danke, gut."
„Und sonst so?"
„Auch prima. Und bei dir?"
„Man kommt zurecht." Breuer hob eine Hand. Eine halbe Walzerdrehung in Richtung seiner Boutique.

13

Freitag, 10.35 Uhr

Eine Wasserburg aus rotem Klinker. Die Speicherstadt. Er fuhr auf der gegenüberliegenden Seite am Zollkanal entlang. Ein Schloss mit Zinnen, Erkern und Türmen, mit kupfernen Dächern, Kanälen und Brücken. Draculas Schloss, Herberge der Blutsauger, jener Kaufleute, die unter allen Umständen Geld machten, und sei es mit rücksichtsloser Ausbeutung fremder Länder und der Versklavung von Menschen.

Die Speicherstadt war eine Festung, ein Symbol für eine Welt, in der es der Kaufmann war, der sich in die Fremde wagte, Länder und Kontinente entdeckte und den Kampf gegen Banditen und Piraten aufnahm. Eine Welt, in der die Kaufleute Garanten für Völkerverständigung waren. Die Speicher waren aber auch ein Sakralbau für Macht und Ansehen des Hamburger Kaufmannes. Ersatz für alle jene Monumente, die in anderen großen Städten durch Könige und Kaiser errichtet worden waren.

Da drüben residierte sein Vater, der kleine Kaffeekönig. Lager und Verarbeitung waren längst an den Stadtrand ausgesiedelt worden. Die Speicher wurden fast alle als Büros genutzt, in denen man sich einbilden konnte, alles sei wie früher. Innen rochen sie sogar manchmal noch nach Gummilagerung, Kaffeesäcken und Gewürzen. Er fuhr über die Kornhausbrücke, einst gab es hier Schlagbaum und Zollkontrolle. Heute war das Kontrollhäuschen ein Café, der Zoll ein Museum. Er musste wie immer zweimal um den Speicherblock herumfahren, um einen Parkplatz zu finden. Als er hinaufsah, erwartete er, seinen Vater wie eine Statue mit dem Blick in die Ferne gerichtet an einem Fenster zu sehen. Die gelben Ornament-Klinker in den roten Mauern glänzten wie Gold. Dann trat er durch die dicken Mauern in den Empfangsraum. Die groben Holzsäulen und Deckenbalken waren dunkelbraun und abgearbeitet belassen worden. Am Empfangstresen aus hellem Holz saß ein blondes Mädchen mit einem Pferdeschwanz. Als sie sich umdrehte, erkannte er sie.

„Caroline? Was machst du hier?"

Sie lachte, freute sich an seiner Verwunderung. „Ein Betriebspraktikum. Ich durchlaufe alle Stationen, und dann heirate ich den Sohn des Inhabers."

Er beugte sich über den Tresen, gab ihr einen Kuss auf die Nase. Zu Beginn des Sommers hatten es beide noch miteinander versucht.

„Leider ist der Kerl eine Art Hund, und ich hab das Wesen eines Rennpferdes. Das geht nicht zusammen."

„Du benutzt noch das Vanille-Parfum." Er dachte an den Duft der Fremden aus Hannas Bar. Das Parfum musste eine Spur sein, sie zu finden.

„Habe ich zu viel genommen?“, fragte Caroline.
„Nein, ich bin nur auf der Suche nach einem, das nach Heu duftet.“ Der Schminktisch seiner Mutter fiel Brahms ein. Die Batterie der kleinen Parfumflaschen, über Jahre hinweg gesammelt.
„Heu?“ Caroline hob die Schultern. „Wer ist die Frau, die es benutzt? Hat sie dir in die Lippe gebissen?“
„Nein, die habe ich woanders riskiert.“
Caroline öffnete ihre Handtasche. „Hier ist etwas, damit es schneller heilt.“
„Danke, es geht schon.“
Sie öffnete eine kleine Cremedose und tippte ihm etwas davon auf die Lippe.
„Und wie kommst du mit meinem Vater aus?“, fragte er.
„Bestens. Er ist nicht mal halb so schlimm, wie du erzählt hast.“
Sie sah auf den Bildschirm ihres Computers. „Du hast keinen Termin.“
„Nein, ich will die Überraschung auf meiner Seite haben. Ich will ihn nur ganz kurz ein paar Mal anbellen, dann gehe ich wieder.“
„Dein Vater hat eine Besprechung mit der Werbeagentur, die müsste aber in wenigen Minuten zu Ende sein.“
Er winkte ihr zu und ging zur Treppe nach oben. „Ich setze mich so lange bei seiner Sekretärin auf den Schoß und lass mich streicheln.“
Auch im oberen Stockwerk war das alte Innenleben des Speichers erhalten und nicht verkleidet worden. Alle

Unterteilungen waren mit verschiebbaren Glaswänden vorgenommen worden. Die Mitarbeiter bewegten sich hinter Chrom und Glas wie in einem Eisblock gefangen. Constanze Werner, die Sekretärin, war nicht am Platz. Er setzte sich hinter ihren Schreibtisch und beobachtete die Besprechung im Nebenzimmer. Die Sekretärin nickte ihm von dort zu. Sein Vater stand vor dem Tisch mit dem Rücken zur Tür. Das Jackett über der Stuhllehne, die Ärmel des weißen Hemdes hochgekrempelt, die Arme krumm auf die Tischplatte gestützt, wie die Beine eines Bullterriers. Zwei junge Männer in dunkelblauen Anzügen saßen an der Seite, bedienten konzentriert einen Laptop. Fotos von Verkaufsräumen auf dem Bildschirm. Dann war sehr schnell Schluss. Sein Vater griff das Jackett, hing es sich über die Schulter. Er öffnete die Glastür. Seine tiefen senkrechten Falten zogen sich zu einem Lächeln auseinander.
„Ah, der Herr Sohn“, sagte er, nahm Brahms an der Schulter und steuerte ihn zur Treppe nach oben. „Was ist mit deiner Lippe passiert?“
„Ach, nichts.“
„Besichtigst du wieder mal deine Firma?“
Lutz Brahms antwortete nicht. Wenn sein Vater so begann, ließ er ihn am besten erst mal seinen Monolog halten.
„Immerhin bist du bereits Gesellschafter. Und gerade tut sich etwas Neues auf, das dir den Eintritt in die Firma leicht machen könnte. Ich weiß ja um deine Schwierigkeiten, dich ins gemachte Nest zu setzen. Und ich

sehe ja ein, dass wir beide im Moment unterschiedliche Ansätze für die Zukunft des Unternehmens haben. Du bist jung und darfst die Dinge anders sehen, musst neue Wege probieren. Das ist dein gutes Recht. Du hast doch immer gesagt, der Kaffee sei auf Dauer keine Existenzgrundlage mehr. Nun, jetzt gründen wir ein Tochterunternehmen. Das wäre der ideale Platz für dich als Geschäftsführer. Die Firma agiert eigenständig, du hast vollkommen freie Hand. Komm, ich zeige dir, worum es geht."

Ein Stockwerk höher war die ursprüngliche Ausstattung des Speicherbodens verkleidet worden. Glatte, verputzte Wände in gelblichem Ton. Sein Vater hatte das Büro mit Antiquitäten ausgestattet. Ein schwerer dunkler Schreibtisch, kostbare chinesische Teppiche, Chesterfield-Sofa und -Sessel. Wandteppich. Wahrscheinlich hatten die Möbel schon dem Großvater gehört.

Etwas war neu. In einem der Schränke mit den Glastüren standen Pokale. Lutz betrachtete die Gravuren. Wilhelm Ludwig Brahms hatte mehrfach die ersten Plätze bei Segelregatten belegt.

„Es war eine Idee von Constanze Werner, die Dinger aufzustellen", sagte der Vater. „Mein Rücken erlaubt es mir nicht mehr zu segeln, aber so habe ich die Erinnerung vor Augen."

Er zog eine Mappe aus einer Schublade und bat seinen Sohn, sich auf das Sofa zu setzen. „Unsere neue Firma produziert koffeinhaltige Getränke."

Lutz Brahms setzte sich. „Coca-Cola?"

Sein Vater schmunzelte, beugte sich nach vorn. Die senkrechten Falten ordneten sich fast wie zu einem Vorhang. Sein Gesicht wurde dem eines englischen Bluthundes immer ähnlicher. Die Falten zogen sogar die unteren Augenlider allmählich herab.
„Wir machen das, was Coca-Cola längst hätte machen müssen. Wir produzieren zuerst Mineralwasser mit Koffeingehalt. Später kommt dann Orangensaft mit Koffein dazu und nach und nach alle Obstsäfte. Alle mit einem Koffeinzusatz."
Er schlug die Mappe auf und schob die Entwürfe für Flaschen und Etiketten wie einen Fächer auseinander. „Der Vertrieb geht über Bars, Restaurants und Kneipen. Die warten doch praktisch auf so etwas. Ob pur oder zum Mixen. Da bringst du doch Erfahrung mit."
Sein Vater lehnte sich im Sessel zurück. „Na, was meinst du, das ist doch reizvoller, als mit einer Rock-'n'-Roll-Band in einem feuchten Keller aufzutreten oder in zugigen Torwegen zu stehen, um Leute zu überwachen. Oder sich gar von Autofahrern über Parkplätze scheuchen zu lassen."
„Vater, bitte."
„Dies ist eine Herausforderung, mit der du eine neue Welt erobern kannst."
Lutz hielt den Entwurf mit dem braunen Orangensaft hoch. „Die Getränke sollen wirklich Beethoven heißen?"
„Ja, ist doch toll. Einerseits haben wir Brahms – Kaffee wie Musik, als traditionelles hanseatisches Unter-

nehmen. Und andererseits haben wir Beethoven – Getränke wie eine Symphonie, als ganz trendiges Produkt. Wir sind ganz vorn dran."
„Und deshalb hast du mir nachspioniert?"
Sein Vater stutzte, dann schüttelte er den Kopf. „Ach was. Ich versuchte, dich auf diesem ... diesem Parkplatz zu erreichen. Es ging mir um Ralf Winter. Er sucht Investoren für seinen Hotelbau. Und Manfred Grund, du weißt, der Apotheker aus unserem Kulturclub, erzählte mir, dass er bei Winter investiert. Er sagte mir, dass es derselbe Winter ist, der dir den Parkplatz verpachtet hat. Und deshalb wollte ich eine Einschätzung von dir. Das war schon alles. Da du nicht da warst, fragte ich diesen Freund von dir."
„Winter ist tot."
„Was?"
„Er ist ermordet worden."
„Ist das wahr?"
„Ich habe seine Leiche gesehen."
„Und du hast ..."
„Ja, ich hab den Auftrag von seinem Bruder, den Mörder zu finden. Aber es geht ihm vermutlich mehr um das geraubte Geld. Ich nehme an, einige seiner Investoren haben ihm Bargeld gegeben, das nicht über die Banken laufen sollte."
„Dann ist dieser Winter, wie ich immer vermutete, tatsächlich eine zweifelhafte Persönlichkeit?"
Lutz Brahms nickte. „Dieser Apotheker ging doch mal durch die Presse?"

„Er hatte Tabletten hergestellt, die keine Wirksubstanz enthielten."
„Richtig. Hießen die nicht sogar Placebo – das Mittel gegen alles?"
Sein Vater lächelte. „Und sie wirkten, zumindest zu fünfzig Prozent. Ein verrückter Kerl. Ich mag ihn, aber er ist kein Umgang."
„Ich möchte mit ihm sprechen. Wer gehört noch zu den Investoren?"
„Du meinst, einer von denen …?"
Lutz Brahms hob die Schultern. Sein Vater stützte sich mit beiden Händen auf die Lehnen des Sessels und stemmte sich mit einem leichten Stöhnen empor. „Mir wäre es lieber, du würdest die Sache der Polizei überlassen."
Brahms stand ebenfalls auf und ging zum Fenster. Es bot den Blick über das Zollmuseum hinweg auf das Spiegel-Verlagshaus und auf die Stadtsilhouette mit den Türmen der Katharinen-, Petri- und Nikolaikirche. Er sah hinunter. Wenn er sich nicht täuschte, stand unten vor dem Café an der Brücke Daniel Goly und blickte zu ihnen hinauf.
Aus Brahms' Kehle löste sich ein Knurren.
„Was ist?", fragte sein Vater.
„Ich glaube, ich brauche einen Hund als Begleitung."
Er ging zum Schreibtisch, sein Vater hatte ein Adressverzeichnis aufgeschlagen und die Adresse des Apothekers abgeschrieben. Er reichte seinem Sohn den Zettel.
„Danke." Lutz ging zur Tür.

„Gib wenigstens den Parkplatz auf“, sagte sein Vater. „Die Vorstellung, dass du dort einem meiner großen Kunden einen Parkschein aushändigst ...“ Er schüttelte den Kopf.

„Diese Beethoven-Getränke“, sagte Brahms. „Die hat sich deine Werbeagentur doch nur für mich ausgedacht, nicht wahr?“

14

Freitag, 11.10 Uhr

Die Elbe war Wolkengrenze. Auf der Südseite schien die Sonne. Brahms fuhr unter den Wolken am Baumwall entlang. Die Hochbahn auf ihrem eisernen Skelett in der Mitte der Fahrbahn erinnerte ihn an eine Verfolgungsjagd in einem Film.

Wo war Goly?

Vor den Landungsbrücken bog er ab Richtung Reeperbahn. Plötzlich sah er aus den Augenwinkeln, wie eine Frau über die Straße zu den Schiffsanlegern ging. Er bremste scharf. Sie war nur von hinten zu sehen, hatte aber das gleiche Haar. Das Fell eines deutschen Schäferhundes. Sie verschwand jetzt in dem ersten der großen steinernen Bögen. Er fuhr die Reihe der Wagen am Straßenrand entlang, nirgends eine Parklücke. Er wendete mit quietschenden Reifen, parkte unten an der Ampel halb auf dem Zebrastreifen und dem Fußweg, dann lief er bei Rot über die Straße. Wenn sie geradeaus weitergegangen war, musste sie unten auf dem Ponton sein. Er hob die Nase. Zu viel Wind, keine Spur von dem Heu-Parfum.

Eine der großen Hafenrundfahrten legte gerade ab. Er lief gebückt am Schiff entlang, um durch die Fenster

hineinzusehen. Die Scheiben spiegelten einen Windhund mit krummem Rücken. Bevor er bis ganz nach vorn gekommen war, drehte das Schiff in die Mitte des Flusses. Sie hätte auch auf dem oberen Deck sitzen können. Außer Atem blieb er stehen und sah sich auf den Pontons um, bevor er zu den Aussichtsplattformen nach oben stieg. Sie war nirgends zu sehen. Vielleicht hatte er sich auch getäuscht. Auf der Elbe klatschten die Wellen gegeneinander, Beifall aus Schadenfreude.
Obwohl er nur ganz kurz weggewesen war, klemmte an der Frontscheibe seines Wagens schon ein Strafzettel. Der, der ihn ausgestellt hatte, war nicht mehr zu sehen. Brahms wollte einen kurzen Besuch bei Christian Tarer auf dem Parkplatz machen. In der Einfahrt blockierte ein schwarzer BMW eine Reihe der Autos. Brahms parkte dahinter. Es lag ein Duft von Gebratenem, von Curry und Ketchup in der Luft. Er ahnte bereits, wer bei Christian war. Er öffnete die Tür des Bauwagens. Der Geruch wurde intensiv wie in einem Imbiss.
„Sie kommen wie gerufen“, sagte Bernd Petersen. Er stieß mit einem kleinen hölzernen Spieß in eine Pappschale. Die Bewegung eines Vogels. Dann hielt er ein Stück Fleisch empor, von dem rote Soße herabtropfte. „Kennen Sie den Imbiss am Pferdemarkt?“ Er stopfte sich das Fleisch in den Mund. „Schaschlik. Wo gibt's das noch? Ist ja was ganz Altmodisches“, sagte er kauend. „Und wo gibt's das noch so gut?“ Er schluckte, und mit klarerer Stimme fuhr er fort: „Ich habe schon eine Nachricht auf Ihrer Mailbox hinterlassen.“ Der

Kommissar gab den Blick frei auf Tarer, der mit verschränkten Armen und aufeinandergepressten Lippen an der Wand lehnte. Ein Zeichen für seine Verschwiegenheit.

Bernd Petersen holte sich das letzte Stück Schaschlik. „Tut mir leid“, sagte er kauend, „hatte heute noch keine Zeit fürs Essen.“ Er warf die Pappschale in den Papierkorb am Schreibtisch. Christian Tarer blickte hinein und hob die Oberlippe.

„Kommen Sie.“ Petersen schob Brahms nach draußen. Brahms befürchtete, nachher einen Fettfleck an seiner Jacke zu entdecken. „Gehen Sie hier manchmal essen? Ich erinnere mich an einen sehr preiswerten und leckeren Mittagstisch in der Nähe.“

Er ging mit ihm ans Ende des Platzes. Offensichtlich sollte Christian Tarer nicht zuhören. Er zog sein Hemd über dem dicken Bauch straff und entdeckte einen kleinen Fleck von der Schaschliksoße. Er stopfte das Hemd so weit unter den Hosengurt, bis der Fleck verschwand.

„Wo soll der Mittagstisch gewesen sein?“, fragte Brahms.

„Wo waren Sie gestern ungefähr um 18 Uhr?“

„Warum?“

„Das waren zwei alte Frauen, die machten den Mittagstisch im ersten Stock ihrer Wohnung, aber vielleicht verwechsle ich die Gegend, und es war auf St. Georg.“ Er fuhr sich mit der Zunge die Zahnreihe entlang. „Ich glaube, es war in der Langen Reihe. Wirklich hübsche Straße, finden Sie nicht auch?“

„Gestern um 18 Uhr?“ Brahms rieb über das Sandpapier seines Kinns. „Keine Ahnung. Vielleicht stand ich schon in Hannas Bar am Tresen. Sie öffnet jetzt früher, für die Leute, die nach der Arbeit sofort einen Schluck brauchen.“

„Standen Sie vor oder hinter dem Tresen?“

„Ist das wichtig?“

„Wenn Sie dahinter standen, gibt es Zeugen.“

„Brauche ich die?“ Brahms überlegte, wann die Fremde in Hannas Bar gekommen war, aber das musste mindestens eine halbe Stunde später gewesen sein.

„Möglich. Was ist eigentlich mit Ihrer Lippe passiert?“ Der Kommissar neigte sich vor, um Brahms' Wunde zu betrachten. „Ich weiß da eine Salbe ...“

„Ist nur getrocknetes Ketchup“, sagte Brahms und grinste.

„Habe ich noch was von der Soße im Gesicht?“ Petersen wischte sich über den Mund.

„Nein.“

„Diese Frauen in dem Imbiss am Neuen Pferdemarkt, die sollen angeblich eine Spezialrezeptur für die Soße haben.“

„Ja, die haben sich mit dem Inhaber über das Urheberrecht gestritten und dann daneben ihren eigenen Imbiss eröffnet. Jetzt behauptet jeder, nach dem Originalrezept zu arbeiten.“

Brahms amüsierte sich über Petersens Verhalten, immer so zu tun, als wäre etwas anderes wichtiger als seine Nachforschungen. Eine Hundemethode bei Kon-

frontation: das Gegenüber ablenken, verwirren, ihm die Angriffslust nehmen.
„Was meinen Sie, warum Winter Ihnen den Platz gekündigt hat?"
„Wie kommen Sie jetzt darauf?"
„Sie müssten es doch wissen."
„Er will ein Hotel bauen, und wahrscheinlich hatte er das Geld dafür zusammen."
„Er verpachtet den Platz, und nach wenigen Monaten kündigt er ihn? Woher kommt plötzlich das Geld?"
„Von der Bank?" Brahms hob die Schultern. Er fragte sich, wann Petersen auf Winters Tod zu sprechen kommen würde. Offensichtlich wollte er erst herausfinden, ob Brahms davon wusste.
Petersen schüttelte den Kopf. „Glaube ich nicht."
Hinter Petersen öffnete sich die Tür des Bauwagens. Christian Tarer hatte die Schaschlikabfälle in eine durchsichtige Plastiktüte gepackt und brachte sie, weit von sich gestreckt, zu dem Papierkorb an der Straße.
„Sie verfolgen also ein Wirtschaftsverbrechen?", fragte Brahms.
„Kann man so sagen." Er leckte sich über die Lippen. „Zum Nachtisch brauche ich eigentlich was Süßes. Meinen Sie, Ihr Freund da drinnen hat Schokolade? Der verkauft doch auch sonst alles Mögliche."
Die Bemerkung alarmierte Brahms. Wusste Petersen von Christian Tarers Waffenhandel? Brahms dachte daran, ebenfalls die Hundemethode der Ablenkung zu benutzen, um die Situation zu entschärfen. Er beugte

sich herab, ging vor Petersen in die Knie und knotete umständlich sein Schuhband.
„Kommen Sie schon wieder hoch", brummte Petersen. „Und schnuppern Sie nicht da unten herum."
Brahms sah nach oben. Über Petersens Bauch ragte nur dessen Nase hervor.
„Nein, mir gefällt es hier unten", sagte Brahms. „Außerdem entdecke ich gerade an Ihrem Hosenaufschlag ein Hundehaar. Wie geht es Fly?"
Petersen hatte zu Beginn des Sommers bei Brahms' Onkel Bruno Kimpfert einen Border-Collie gekauft.
„Ich sage Ihnen, wie es dem Hund geht, und Sie gestehen, dass Sie vor mir von Winters Tod wussten."
„Stimmt." Brahms kam wieder hoch.
„Fly geht es prima. Meine Frau ist begeistert und verwöhnt ihn zu sehr. Deshalb habe ich ihn für das Wochenende bei Ihrem Onkel zum Training angemeldet. Fly muss gehorchen lernen."
Brahms nickte.
„Und wenn mich nicht alles täuscht", fuhr Petersen fort, „haben Sie den Auftrag, den Mörder zu finden."
„Man hält mich selbst für den Mörder. Glauben Sie, jemand würde den Mörder beauftragen, den Mörder zu finden?" Brahms berichtete. Nur sein Wissen über die Investoren und Christian Tarers Handel für Winter ließ er aus.
Petersen hörte schweigend bis zum Ende zu, dann fragte er: „Was war in der Vase? Geld, nicht wahr? Wie viel?"

„Keine Ahnung. Ulf Winter behauptet, er wüsste nicht, was darin gewesen sei."
„Stimmt."
„Ulf Winter und dieser Daniel Goly, sie trauen mir nicht."
„Aber sie haben Ihnen trotzdem den Auftrag gegeben?"
„Wenn Sie sich bei Gelegenheit vorsichtig umdrehen, werden Sie den Mann in dem grünen Mercedes auf der anderen Straßenseite entdecken. Die denken, ich führe sie zu dem Mörder."
„Vielleicht ist der Auftrag an Sie ..."
„Ich habe nicht bestätigt, dass ich einen Auftrag habe!"
„... ein Ablenkungsmanöver. Die beiden waren es selbst."
In diesem Moment kam die Sonne hervor und zeichnete durch die dahinterliegende weiße Fassade einen Scherenschnitt von dem Mann im Auto.
„Wer ist es?"
„Daniel Goly."
„Der Schläger? Er hat wegen Totschlag gesessen."
„Das wusste ich nicht."
Der Kommissar wühlte in beiden Taschen seines Jacketts. „Ich brauche ein Stück Schokolade."
„Es gibt eine köstliche Marke aus der Schweiz. Der Hersteller heißt Frey. Und am leckersten schmeckt die Sorte Zitrone mit Pfeffer."
„Haben Sie welche?" Petersen schluckte.

„Nein, leider nicht."
Der Kommissar hob die Hand und ging zu seinem Wagen.
„Sie haben bestimmt noch welche im Handschuhfach", rief Brahms.
„Eine Frage noch." Brahms lief hinter ihm her. „Würden Sie Obstsaft mit Koffeinzusatz trinken?"
„Sie meinen mit Cola gemischt?"
„Sozusagen."
„Wie kommen Sie jetzt darauf?"
„Ist nur so eine Idee."

15

Freitag, 12.45 Uhr

Apotheken sind nach edlen Tieren oder nach berühmten Künstlern benannt. Manfred Grund hatte mit seiner Apotheke in Altona einen vollkommen anderen Weg eingeschlagen. Der radikale Bruch mit Traditionen begann damit, dass er sich von der historischen Einrichtung getrennt hatte. Etwas, das seine hanseatischen Kollegen sicher noch nachvollziehen konnten. Wenn Historisches der Effizienz im Wege stand, dann waren die Hamburger schnell bereit, die Abrissbirne zu schwingen. Die alten Apothekenschränke hatten in vielen Privatwohnungen eine neue Heimat gefunden. Bestimmt hatte Manfred Grund auch daraus noch ein kleines Geschäft gemacht. Über dem Eingang der Apotheke stand in goldenen Buchstaben: „Der Grund für Ihre Gesundheit." Dieser Name musste bei den Kollegen Kopfschütteln ausgelöst haben. Wo blieb die Seriosität?

Mit einem leichten, fast menschlichen Zischen öffnete sich die gläserne Schiebetür und bat um gedämpftes Sprechen. Brahms betrat einen Eispalast. Alles war in Weiß und Silber gehalten. Der übliche bunte Kramladen mit Kräuterbonbons, Hautcremes, Vitaminen und

Mineralstoffen befand sich in einem Nebenzimmer, überschrieben mit „Rezeptfreier Showroom". Drei Mädchen in Ärztekitteln bedienten am Tresen. Vor zwei mit Milchglas abgetrennten Kabinen gab es eine Reihe weißer Sitze. Auf seine Frage nach Manfred Grund wies man ihn auf einen Sitz. Es gebe zurzeit für Beratung eine Wartezeit von acht Minuten. Brahms kam sich vor, als hätte er nach einem Potenzmittel gefragt, aber die beiden mit ihm wartenden alten Frauen deuteten auf andere Mittel hin. Eine von ihnen besaß ein bandagiertes Bein. Er griff sich eine Broschüre, die ebenfalls mit „Der Grund für Ihre Gesundheit" überschrieben war. Ein Katalog mit von der Apotheke selbst hergestellten Cremes, Pulver, Tabletten und Säften. Die Inhaltsstoffe und die Form der Verarbeitung waren ausführlich beschrieben, aber keines der Produkte hatte ein Wirkversprechen. Merkwürdig war, dass alle Mittel denselben hohen Preis hatten.
Tatsächlich, nach genau acht Minuten stellte sich ein dünner Mann im wehenden Ärztekittel, mit Stethoskop geschmückt, als Manfred Grund vor. Sein Tänzeln erinnerte an Julian Breuer. Brahms erhob sich. Manfred Grunds Gesicht blickte mit großen dunklen Augen aus langem weißem Haar hervor. Die Haut war gebräunt, die Nasenschatten gingen bereits ins Violett über, als käme er gerade aus dem Hochgebirge. Als Hund hätte er zur Rasse der Afghanen gehört.
Er schritt ihm in eine Kabine voran. Brahms nannte seinen Namen nicht, sondern fragte bereits im Stehen, ob es

auch Mittel gegen Liebeskummer gebe. Manfred Grund lächelte und nickte. „Sie waren noch nie bei uns?"
„Nein." Brahms setzte sich.
„Bei uns findet jeder Patient sein Mittel selbst. Ich stelle eine Reihe möglicher Mittel im Halbkreis auf den Tisch. Sie halten das Pendel in das Zentrum. Hat sich das Pendel entschieden, gebe ich Ihnen Hinweise für die Anwendung."
Er holte vier Flaschen, die nur Zahlen trugen, aus einem Glasschrank, stellte sie auf und zeigte ihm die Handhaltung mit dem kleinen silbernen Pendel, das die Form einer Mondsichel hatte.
„Während Sie pendeln, schildern Sie bitte Ihre Symptome."
Brahms hielt das Pendel. „Ich verstehe, deshalb hat alles den gleichen Preis, damit man davon nicht beeinflusst wird."
Grund nickte. „Beginnen Sie."
„Es ist vor allem eine innere Unruhe, als würde in meinem Körper eine Maschine vibrieren. Ich springe oft auf und muss mir Bewegung verschaffen. Natürlich brauche ich länger, um einzuschlafen, und ertappe mich dabei, Selbstgespräche mit meiner Angebeteten zu führen." Einen Augenblick überlegte er, ob er dem Apotheker die Fremde aus Hannas Bar beschreiben sollte. Aber würde er begreifen, dass eine große Nase etwas Schönes sein konnte?
„Ich weiß nicht, wer und wo sie ist", fuhr Brahms fort. „Ich habe sie nur einmal gesehen. Und Sie können sich

sicher vorstellen, wie sich dieser Zustand auf meine Arbeit auswirkt. Manchmal, wenn ich an sie denke, bin ich minutenlang wie gelähmt."

Das Pendel beschrieb einen Kreis, konnte sich nicht entscheiden. Brahms wusste, dass die Bewegungen durch nicht gesteuerte Muskelaktivitäten ausgelöst wurden, die wiederum ihren Auslöser im Gehirn hatten. Das Pendel war durch Gedanken zu beeinflussen. Und Brahms dachte einen Kreis.

„Jedes Mittel könnte das Richtige für Sie sein", sagte Manfred Grund. „Probieren Sie es aus."

„Es könnte auch sein, dass keines hilft?"

„Ja, auch das ist möglich."

„Gut, dass ich aus einem anderen Grund hier bin." Brahms lächelte wieder über die doppelte Bedeutung. „Es geht mir um den Hotelbau von Ralf Winter. Mein Name ist Brahms, Lutz Brahms."

„Ah, Sie sind ... der Sohn."

„Ja, genau."

„Warten Sie." Grund stand auf, ging hinaus und sprach mit einer der Helferinnen, dann kam er zurück. „Schickt Sie Ihr Vater?"

„Ja und nein. Er hat mir davon erzählt. Und er weiß, dass ich Sie besuche. Die Information kam doch von Ihnen?"

„Ja, ich machte ihn darauf aufmerksam. Es ist unter bestimmten Umständen vielleicht eine interessante und seltene Investitionsmöglichkeit."

„Sie haben schon investiert?"

Grund nickte. Eines der Mädchen kam herein, legte ihm einen Zettel auf den Tisch. Brahms war sicher, Grund hatte bei seinem Vater anrufen lassen. Der Apotheker war genauso vorsichtig wie bei seinen Heilmitteln, die er kein einziges Mal so genannt hatte, um nicht mit dem Gesetz in Konflikt zu kommen.

„Ich denke“, fuhr Grund fort, „es ist ein überschaubares Projekt, eines, dessen Lage und Fortschritt man mit eigenen Augen verfolgen kann. Sie wissen ja, wie das sonst so ist, man gibt Geld irgendwohin und weiß nie genau …“

„Können Sie mir denn andere Investoren nennen? Das würde mich beruhigen.“

„Erkundigen Sie sich doch bei Jürgen Mistral über das Projekt.“

„Der Name sagt mir etwas.“

„Es ist ein junger, aktiver Makler in unserer Stadt, mit neuen Ideen. Sein Büro ist innerhalb von drei Jahren auf fast fünfzig Mitarbeiter gewachsen. Wenn jemand die Stadt verändert, dann sind es Leute wie er mit besten Beziehungen zur Politik. Ihm können Sie trauen.“

„Wie viel raten Sie mir zu investieren?“

„Sie selbst oder Ihr Vater?“

„Sie kennen ihn, er ist viel zu konservativ für so etwas. Ich glaube, er führt nicht mal eine Kasse nebenbei, um es mal so zu sagen.“

„Aber Sie …“

„Man muss ja heutzutage sehen, wie man zurechtkommt, und Liechtenstein ist weit. Wie viel also?“

„Mindestens im sechsstelligen Bereich sollte es sein. Sonst ist es bei der Höhe des Gesamtprojektes keine angemessene Beteiligung."
„Zweihundertfünfzigtausend?"
Grund nickte.
„Haben Sie denn selbst in dieser Höhe ...?"
Er nickte erneut.
Brahms erhob sich. Er reichte Manfred Grund die Hand und bekam eine raue Hundepfote. „Ich danke Ihnen."
„Grüßen Sie Ihren Vater."
„Danke." Brahms freute sich bereits auf den nächsten Besuch. Vielleicht in ein paar Stunden schon. Möglichst, bevor Grund vom Tod Winters in der Zeitung las. Diese Nachricht wollte er selbst überbringen.

16

Freitag, 13.15 Uhr

Das Garagentor neben der Villa seiner Eltern in Klein Flottbek stand offen. Der Landrover war nicht darin. Seine Mutter würde also nicht zu Hause sein. Neben der Garage parkte der rote Kleinwagen, den sein Vater den beiden brasilianischen Mädchen zur Verfügung gestellt hatte, die unterm Dach wohnten. Töchter von Geschäftsfreunden.

Er klingelte und schloss im gleichen Moment die Haustür auf.

Fee und Anna-Maria standen kichernd auf der Treppe. Sie trugen Kleider, die seiner Großmutter gehört hatten. Sie grüßten ihn, kamen herunter und spazierten vor dem Spiegel in der Halle auf und ab. Mit ihren schwarzen Pagenköpfen wirkten die beiden Zwanzigjährigen fast wie Zwillinge.

„Ihre Mutter hat es uns erlaubt." Fee trug ein braunes, golddurchwirktes Kleid, das ihr bis zu den Knöcheln reichte. Sie hob es an der Hüfte an und versuchte einen Knicks. Anna-Maria hatte ein schwarzes Kleid mit vielen kleinen weißen Blüten und einem geklöppelten Kragen an.

„Was ist mit Ihrer Lippe passiert?", fragte Fee. Beide

stellten sich vor ihm auf, neigten die Köpfe einander zu und betrachteten seine Lippe.
„Eine Schlägerei um eine Frau natürlich."
„Oh, wirklich?"
„Ich habe eine indianische Salbe, soll ich sie holen?" Fee war schon fast auf der Treppe nach oben.
„Nein, aber bitte, ihr könnt mir helfen. Ich suche ein Parfum, das nach Heu riecht."
„Heu, getrocknetes Gras als Parfum, wie ordinär", sagte Anna-Maria. Sie warf eine weiße Federboa um ihren Hals und reckte die Nase hoch.
„Ich will die Parfumsammlung meiner Mutter durchsuchen." Die beiden liefen voraus, blieben aber oben vor dem Schlafzimmer seiner Mutter stehen, wie Hunde, die auf einen Befehl warteten.
Er öffnete die Tür, sie stürmten an ihm vorbei und öffneten zwei Schubladen am Schminktisch, die voller Flaschen waren. So viele hatte Brahms nicht erwartet. Er schätzte die Sammlung auf annähernd hundert Fläschchen in den unterschiedlichsten Formen und Farben.
„Vielleicht nur die grünen Flaschen", schlug Fee vor. Sie öffnete eine, hielt ihre Nase über die kleine Öffnung und stieß die Luft mit hochgezogener Oberlippe aus. „Puh."
„Wieso könnt ihr eigentlich plötzlich so gut Deutsch?" Brahms erinnerte sich, dass die beiden in Anwesenheit seiner Eltern letzte Woche noch immer die Sätze verdreht hatten und ihnen viele Worte nicht eingefallen waren.

Anna-Maria schlug sich vor den Mund. „Verraten Sie uns bitte nicht“, sagte sie.
„Sie uns bitte nicht verraten“, wiederholte Fee. „Wir gehen müssen noch lange zu Deutsch-Kurs.“
„Wir wollen noch nicht nach Hause“, sagte Anna-Maria.
„Aber zu Hause ist es wärmer als hier, und vermisst ihr eure Eltern und Geschwister nicht?“
„Zu Hause dürfen wir nicht allein Auto fahren oder abends in die Stadt. Unsere Eltern sind streng. Und wir müssen immer auf unsere kleinen Brüder aufpassen. Wir müssen arbeiten oder Männer heiraten, die unsere Väter ausgesucht haben. Was ist das für ein Leben?“
„Aber hier müsst ihr doch auch im Haus helfen?“
„Nur ein paar Stunden täglich. Bitte, Sie dürfen uns nicht verraten.“
„Nein, mache ich nicht. Wahrscheinlich hat meine Mutter euer Spiel auch längst durchschaut.“
Inzwischen hatten alle drei so viele Flaschen geöffnet und sich gegenseitig daran riechen lassen, dass ein schwerer süßlicher Geruch in der Luft lag. Brahms' Nase war taub geworden.
„Es ist wie bei einer Weinprobe“, sagte er. „Wenn man zu viel probiert hat, schmeckt alles gleich und man ist außerdem betrunken.“
Er streckte sich, ging zum Fenster und öffnete es weit.
„Wo ist meine Mutter?“
„Sie ist zu ihrem Bruder auf den Hundeplatz gefahren. Sie wollte mit ihm essen gehen.“

„Wir können doch für Sie weiterschnüffeln“, schlug Anna-Maria vor. „Bis wir es gefunden haben.“
Brahms schüttelte den Kopf. Sie sortierten die Flaschen wieder in die Schubladen.
„Suchen Sie wirklich das Parfum?“, fragte Anna-Maria. „Oder suchen Sie die Frau, die es trug?“ Sie legte den Kopf schräg und sah ihn an.
Brahms drückte mit dem Zeigefinger auf ihre Nase. „Stimmt.“
„Ihre Eltern sagen, es wäre gut für Sie, wenn Sie endlich heiraten würden.“
„Haben sie das wirklich gesagt?“
„Ich habe ein bisschen gelauscht.“
„Und haben sie auch gesagt, wen ich heiraten soll?“
„Ja, mich.“ Sie lächelte und stemmte die Arme in die Hüften.
„Einen alten Hund wie mich heiraten?“
„Dann könnte ich in Deutschland bleiben. Da ist es mir egal, wie der Mann aussieht.“
„Danke für das Kompliment.“

17

Freitag, 14.30 Uhr

Der Wind stand günstig, sie würden ihn nicht wittern. Aber die Hunde kannten auch das Motorengeräusch seines Wagens. Brahms parkte deshalb bereits an der Hauptstraße und ging neben dem Weg auf dem Rasenstreifen. Er wollte sich möglichst nähern, ohne ein Geräusch zu machen.

Der Hundeplatz seines Onkels Bruno Kimpfert lag am Rand des Klövensteener Geheges. Er war Hundeführer bei der Polizei gewesen und hatte sich sehr früh pensionieren lassen. Fast bis zum Winteranfang lebte er in seiner Blockhütte auf dem Gelände. Er fühlte sich am wohlsten unter seinen Hunden, meist waren es acht.

Brahms' Mutter war oft hier, der Vater dagegen eher selten. Ihm gefiel es nicht, dass jemand aus der Familie eine Hundeschule führte. Brahms dachte an das Angebot seines Vaters. Vielleicht waren die mit Koffein versetzten Getränke doch eine gute Idee. Man müsste herausfinden, ob die großen Getränkeunternehmen nicht auch schon so etwas probiert und getestet hatten.

Brahms ging langsam, um sich auch durch Bewegungen zwischen den leblos herabhängenden Blättern der Büsche nicht zu verraten. Aber als er hinter dem letzten

Busch zur Eingangspforte hervorkam, erwarteten sie ihn schon alle, aufgerichtet mit den Vorderpfoten auf dem Gitter. Sie wedelten und brachen bei seinem Anblick in Gejaule aus. Jeder wollte der Erste sein, der seine feuchte Schnauze in Brahms' Hand drücken konnte.

Kaum hatte er das Gelände betreten, schmiegten sie sich dicht an ihn, blockierten seinen Gang. Er hockte sich zwischen sie, streichelte jeden und nannte ihn beim Namen. Sie gaben ihm zu erkennen, dass niemand da war. Plötzlich begann Robo, der Anführer, die Ohren zu heben und zu drehen. Er entfernte sich ein paar Schritte, streckte den Kopf vor, ein leichtes Knurren kam aus seiner Kehle. Jemand war in der Nähe, den der Hund nicht kannte. Robo erwartete einen Befehl, und Brahms bedeutete ihm zu schweigen. Vielleicht war Daniel Goly ihm auch bis hierher gefolgt. Unterwegs hatte er nichts bemerkt.

„Robo, Noffi", rief er leise. Der Labrador und die schwarze Flatcoated-Retrieverhündin, die eigentlich Nofretete hieß, waren sofort bei ihm. Er verließ mit ihnen das Gelände, wie zu einem Spaziergang. Ungeduldig gingen sie bei Fuß, sie wussten bereits, was von ihnen verlangt wurde. Er gab ihnen den Such-Befehl, und sie sprangen davon. Hetzten außen um den Hundeplatz herum, bis zu einem Gebüsch, und von dort zur Straße. Brahms hatte Mühe zu folgen. An der Straße schnüffelte Robo irritiert, während Noffi ruhig abwartete. Die Hündin wusste, warum die Spur hier ein Ende genommen hatte.

Brahms betrachtete die Reifenspuren und den aufgewirbelten Sand. Wer immer es war, er hatte Brahms' Absicht erkannt und war geflohen.
Er ging zurück zum Platz und hörte den Landrover seiner Mutter den Weg heraufkommen. Sie hielt vor dem Tor. Onkel Bruno stieg aus, umarmte Brahms, rüttelte ihn an der Schulter. Seine Mutter wartete hinter dem Steuer, um wie immer ihren eigenen Auftritt zu haben. Sie legte Wert darauf, seit sie in ihrer Jugend zur Heidekönigin gekürt worden war. Ihre angehende Karriere als Schauspielerin war dann durch die Heirat mit dem Kaffeepotentaten verhindert worden. Seine Frau durfte nicht arbeiten. Bruno beeilte sich, ihr die Wagentür zu öffnen. Seine Mutter stieg herab, sie hatte die blonden Haare zu Schillerlocken aufgedreht, trug weite schwarze Hosen mit einem breiten Ledergürtel, darüber eine kurze schwarze Jacke mit kleinen silbernen Sternen an den Nähten und auf dem Spiegel der Jackettumschläge. Ein schwarzer Cowboyhut hing ihr auf dem Rücken.
Brahms verbeugte sich, küsste sie dann auf die Wange.
„Nun", fragte seine Mutter. „Wer bin ich?"
Er ging einen Schritt zurück. „Kenne ich Sie aus einem Film Ende der dreißiger Jahre?"
„Richtig."
„Marlene Dietrich!" Das war die Lieblingsrolle der Mutter.
„Richtig."
Sie lehnte sich mit dem Rücken an den Wagen und wartete.

„Ich hab es nicht herausbekommen“, brummte Bruno Kimpfert, und laut sagte er: „Komm schon, gib ihm einen Tipp!“
„Gut. Ich könnte auch Revolver tragen.“
Brahms rieb sich die Stirn. „Ja, ich weiß ... Wie hieß der Film? Ein Western. Eine Komödie. Jetzt weiß ich es, mit James Stewart. Du bist die Falschspielerin. *Der Bluff*, so hieß der Film.“
„*Der große Bluff*. 1939. Ich hab ihn mir gerade noch einmal auf Video angesehen. Immer noch eine der besten Westernkomödien.“
Sie löste sich von dem Wagen, sah ihren Sohn an und runzelte die Stirn.
„Ja, die Lippe, ich weiß“, kam er ihr zuvor. „Und ich wette, du hast eine Salbe dafür.“
„Stimmt“, sagte sie. „Mütter haben so etwas immer dabei.“ Sie hakte sich bei ihrem Sohn unter. „Aber was verschafft uns die Ehre?“
Bruno öffnete das Gatter. Die Hunde versuchten, sich zwischen Mutter und Sohn zu drängen. Elisabeth Brahms ließ ihn los. „Diese Köter wollen uns trennen.“
Die Hunde bildeten einen Kreis um Brahms, als wollten sie jede Annährung an ihn verhindern. Bruno lachte. „Du weißt doch, er ist eine Art höheres Wesen für sie. Kaum ist er da, gehorchen sie mir nicht mehr. Du glaubst nicht, wie mich das immer ärgert.“ Zu Brahms sagte er: „Wehe, du tauchst einmal beim Hundetraining auf, wenn meine Kunden hier sind.“

Sie hatten die Blockhütte erreicht. Elisabeth Brahms setzte sich auf die Bank davor. „Diese Hunde sollten wissen, dass ich die Mutter ihres Gottes bin."
Brahms scheuchte die Hunde weg, aber sie bildeten nur einen größeren Kreis um ihn. Er setzte sich ebenfalls und erzählte von dem Mordfall und seinem Auftrag.
„Wie heißt noch mal der Tote? Ich glaube, ich kenne den." Bruno kratzte sich die Nase. „Hatte der mal einen Schäferhund?"
„Kann gut sein. Es hängt ein Hundefoto in seinem Büro."
„Ralf Winter, genau. Jetzt weiß ich, wer das war. Es ist Jahre her. Er kam mit einem Schäferhund und wollte, dass ich ihn auf gegensätzliche Befehle trainiere. Zum Beispiel: man sagt ‚Platz' und zeigt dabei mit der flachen Hand auf eine bestimmte Person. Für den Hund ist es der Befehl, der bezeichneten Person an die Kehle zu springen. Man sagt ‚sitz', und für den Hund heißt es ‚fass'. Ich wollte das nicht machen. Denn der Unzuverlässige ist nicht der Hund, sondern sein Herr. Und so ist es auch gekommen." Bruno schwieg.
„Erzähl schon weiter", drängte Brahms.
„Dieser Ralf Winter hatte ihn woanders ausbilden lassen. Und es kam, wie es kommen musste. Aus Versehen gab er den falschen Befehl. Der Hund griff an und verletzte einen Menschen. Er wurde eingeschläfert." Bruno stand auf, ging zu Robo und tätschelte ihn. „Doch, das war dieser Winter, er brüstete sich, ein Geschäft auf der Reeperbahn zu haben."

„Was wollte er mit dieser verdrehten Erziehung erreichen?"
„Es sagt viel über ihn selbst aus. Er wollte die alleinige und vollständige Gewalt über das Tier, und er wollte die Möglichkeit eines hinterhältigen Angriffs."
Brahms streckte sich. „Bruno, ich brauche eine Zeit lang einen Hund zu meiner eigenen Sicherheit. Vor allem brauche ich ihn für die Verfolgung eines bestimmten Duftstoffes."
„Nimm Noffi", sagte Bruno. „Sie liebt dich."
Seine Mutter nickte. „Und diese Hündin hat die beste Nase."
„Es ist ein Parfum, das ich suche. Vielleicht kannst du mir dabei weiterhelfen. Es riecht wie Heu."
Seine Mutter strich die dicken Locken zurück. „Vor Jahren gab es einen Herrenduft. Es hieß wie eine Sportart, Golf, Polo oder Kricket, ich weiß es nicht mehr genau. Das könnte es sein … Nein, nein, das hieß ganz anders."
„Ich war schon bei dir und hab mit den beiden Mädchen deine Sammlung durchsucht. Ich hoffe, ich durfte das."
Sie lachte. „Da findest du es nicht. Wenn ich es besäße, würde ich das wissen. Aber ich kenne es. Mir hat es damals nicht gefallen. Es kam aus Spanien, glaube ich. Ganz sicher ein Herrenparfum."
Sie stand auf. „Bruno, wie ist es mit dir?"
„Ich nehme so etwas nicht. Die Hunde mögen das nicht."

„Meinst du denn, ich kann Noffi generell auf die Suche nach einer Person einstellen, die dieses Parfum benutzt?“, fragte Brahms.
„Sicher, das weißt du doch.“
„Dazu müsste ich das Parfum haben.“
„Allerdings.“
Die Mutter sprang auf. „Jetzt weiß ich es. Es hieß nicht nach einer Sportart. Last Summer war der Name, es kam aus Portugal oder Spanien. Ich weiß, wer das wissen kann. Die Parfümerie in der Waitzstraße.“
Die Hunde hatten durch die abrupte Bewegung der Mutter den Kreis um Brahms sofort enger gezogen. Elisabeth Brahms lachte. „Was machen sie eigentlich, wenn du jemals heiratest. Die zerfleischen deine Frau. Zum Glück sieht es ja auch nicht aus, als würdest du jemals in den Hafen der Ehe gelangen. Aber eins könntest du mir sagen: Wie heißt die Dame mit dem seltenen Parfum?“
„Wenn ich sie finde, werde ich sie fragen.“
„Ob sie deine Frau werden will?“
„Vielleicht auch das.“

18

Freitag, 15.30 Uhr

Brahms fuhr die Elbchaussee in Richtung Innenstadt und sah hinab auf die Elbe. Noffi hatte sich auf dem Rücksitz erhoben. Beide genossen sie die kurzen Blicke zwischen den Villen hinunter auf den Fluss und das gegenüberliegende Tiefland. Die „schönste Straße der Welt“, hatte ein Dichter behauptet.
Er bog ab zum S-Bahnhof Othmarschen und versuchte herauszufinden, ob ihm Daniel Goly immer noch folgte. Anscheinend nicht.
Die Waitzstraße mit ihren vielen Geschäften war die Einkaufsstraße der noblen Elbvororte. Das kleinere Einzelhandelsgeschäft mit dem besonderen Service hatte hier ein Rückzugsgebiet. Eine Mitarbeiterin der Parfümerie konnte ihm sogar weiterhelfen, sie hatte noch eine Probe des Duftes, den sie vor Jahren mal im Sortiment gehabt hatten. Sie brachte ein winziges Glasröhrchen aus dem Lager. Brahms schnupperte daran und sah sich sofort wieder mit der Fremden in Hannas Bar stehen. Für einen Augenblick packte ihn der Schwindel. Die Verkäuferin schenkte ihm die Probe. Es war ein Parfum aus Portugal. Brahms dachte an Thoralf Wellmanns Schwester. Kam sie nicht aus Portugal? Er erinnerte sich an Fotos, auf

denen sie neben Thoralf stand, blond mit Stupsnase. Vielleicht waren ihr in der Fremde ein Hundefell und eine große Nase gewachsen.

Zurück im Auto wurde er interessiert von Noffi beschnuppert.

„Ich war in einer Parfümerie“, erklärte er ihr und hielt die kleine Probeflasche hoch. „Wenn du die Frau mit diesem Duft findest, fahr ich mit dir zur Belohnung zum Schwimmen an einen See.“

Noffi nickte.

Brahms ließ die Hündin noch einmal schnuppern. „Merk dir das. Wenn ich Heu sage, musst du diesen Duft wiederfinden. Heu! Ist das klar? Heu!“

Noffi legte den Kopf schräg.

Brahms telefonierte mit Thoralf. „Beschreib mir mal deine Schwester“, sagte er. „Ich kenne sie ja nur von Fotos.“

„Uta ist ein blonder übler Besen, mit dem man nicht kehren kann. Weil sie nur ihr Vergnügen im Sinn hat.“

„Gehe ich recht in der Annahme, dass Uta nicht in der Nähe ist?“

„Ich versuche gerade, das Chaos wieder in Ordnung zu verwandeln, das sie angerichtet hat. Sie hat meine sämtlichen Bilder im Atelier hervorgezerrt, um sie einer Freundin zu zeigen. Ich stelle jetzt die Schäden fest und werde anschließend eine Rechnung ausstellen. Was willst du von ihr?“

„Für einen Moment dachte ich …“

„Etwa deine schöne Fremde?“

„Na ja. War nur so eine Idee.“

„Hiermit ist unsere Freundschaft beendet. Meine Schwester oder ich."
„Aber sag mal, sie kommt doch gerade aus Portugal, nicht wahr?"
„Und dort wünsche ich sie auch so schnell wie möglich wieder hin. Wie ihr portugiesischer Lebensgefährte diese Frau aushält, ist mir ein Rätsel."
„Sind ihre Haare denn im Augenblick auch blond?"
„Als sie vor drei Jahren hier war, habe ich sie porträtiert. Du kennst bestimmt das Bild. Die Frau vor dem Fenster."
„Stimmt, das hatte ich ganz vergessen. Ein schöne blonde Fee."
„Es war ein Auftrag meiner Eltern", sagte Wellmann und betonte jedes Wort.
„Und so sieht sie noch aus?"
„Was ich damit sagen will: So hat sie nie ausgesehen!"
„Wie denn?"
„Und leider hat sie sich seitdem kein bisschen verändert." Thoralf Wellmann fuhr fort, ihren Charakter zu beschreiben. Bei Brahms entstand das Bild einer Furie, die lachend mit Männerköpfen Fußball spielte. Das Bild verzerrte sich immer mehr, und die Schwester nahm die Gestalt einer Neandertalerin an, die vor ihrer Höhle saß und sich das Fell flöhte. Brahms bremste Thoralfs Redeschwall.
„Was für ein Parfum benutzt sie?"
„Keine Ahnung. Maiglöckchen oder etwas ähnlich Scheußliches. Auf jeden Fall ziemlich süßlich."

„Okay, sie ist es nicht."
„Ich mache dir einen Vorschlag", sagte Wellmann. „Beschreibe mir noch mal deine schöne Unbekannte, und ich male sie dir. Weißt du, wie ein Fahndungsbild. Bis du hier bist, habe ich dir zehn Augen, zehn Nasen und zehn Münder gemalt, aus denen wir sie zusammensetzen."
„Du kannst für mich wirklich etwas tun. Ich brauche die Adresse von Jürgen Mistral, dem Makler. Ich würde ihn gern heute noch sprechen."
„Warum?"
„Er ist einer der Investoren in Winters Hotelprojekt, und die Investoren könnten gewusst haben, dass Winter viel Geld in seinem Büro aufbewahrte. Ich glaube, die haben es ihm bar übergeben."
„Und einer von ihnen hat ihn umgebracht?"
„Kann sein."
Brahms fuhr zum Apotheker weiter. Nach wenigen Minuten rief Thoralf zurück. „Du musst sofort zu dem Makler. Sein Büro liegt direkt gegenüber dem Rathaus. Ich hab dich als Chef unserer Detektei Brahms und Partner – Partner, das bin ich – in einer äußerst diskreten Angelegenheit angemeldet. Er ist nur noch eine halbe Stunde im Büro."
Brahms gab Gas, fuhr wieder seine Lieblingsstrecke über die Palmaille zum Fischmarkt hinunter und dann die Hafenstraße entlang. Bei den Landungsbrücken bog er ab.
Unterhalb der Straßenbrücke saßen zwei Obdachlose, sie hatten einen Kleiderhaufen zum Verkauf ausgebrei-

tet. Eine rote Jacke leuchtete hervor. Brahms bremste scharf. Er fuhr ein Stück rückwärts, blieb in der zweiten Reihe stehen und sprang hinaus. Die Kleider strömten einen so starken Geruch aus, dass er mit dem Kopf zurückfuhr. Die Jacke lag auf einer ölverschmierten Hose, neben nach Faulgas riechenden Gummistiefeln. Einer der beiden Obdachlosen, ein älterer Mann mit einem roten faltigen Gesicht und blauer Nase, kam heran. Er roch nach Spiritus.

„Die Jacke", sagte Brahms und drückte sich die Nasenflügel zu. Der Obdachlose hob sie an. Sie war es. Sie hatte das schwarze V auf dem Rücken. Es bestand nur aus Klebeband. „Probieren Sie die ruhig mal an."

Brahms schüttelte den Kopf. Wenn es die Jacke des Täters war, wollte er sie nicht anfassen. „Was kostet die?"

„Hundert." Der Obdachlose hustete ausführlich, aber seine Stimme blieb rostig. „Hab selbst fast so viel dafür bezahlt."

„Woher haben Sie die?"

„Sag ich nicht. Geschäftsgeheimnis. War aber die Letzte. Gibt keine mehr davon."

„Fünfzig", bot Brahms an. Auf der Straße wurde heftig gehupt. Sein Wagen behinderte den Verkehr.

„Weil du es bist: siebzig!"

„Ich zahl dir fünfzig, aber unter einer Bedingung."

„Okay fünfzig, aber keine Bedingung."

„Fünfzig, und ich muss wissen, wo du sie her hast."

Der Obdachlose schüttelte den Kopf. „Fünfzig. Und ich hab die nicht geklaut."

„Das weiß ich. Ich will nur genau wissen, wo du sie gefunden hast."
„In einem Papierkorb. Ehrlich."
„Wo?"
„Da bei der Hein-Hoyer-Straße, wo Pamukkale ist, weißt du."
„Der türkische Imbiss an der Ecke Simon-von-Utrecht-Straße?"
„Ja, genau."
Das Hupen wurde zu einem Konzert. Hinter Brahms' Auto stauten sich die Wagen.
„War da noch etwas in dem Papierkorb?"
Der Obdachlose hob eine kleine Decke an. „Das da." Er zog die blaue Mütze mit dem New-York-Signet hervor. Wollt ich aber für mich selber haben."
„Die will ich auch. Und du hast nicht gesehen, wer die Sachen hineingestopft hat?"
Er schüttelte den Kopf. „Zwanzig für die Mütze."
„Zehn."
„Na gut."
„Und eine Plastiktüte für alles." Brahms holte das Geld heraus und zählte es ab.
„Plastiktüte? Wir haben auch einen Lieferservice", grinste der Obdachlose. Doch dann holte er eine große blaugestreifte Tüte eines Lebensmitteldiscounters und legte Jacke und Baseballkappe hinein.
Brahms bestand darauf, dass der Alte die Tüte fest zusammenrollte und mit einem Band verschnürte. Er ging zu seinem Wagen. Der rote Kopf eines Autofah-

rers hinter seinem Wagen hing aus dem Seitenfenster und schimpfte.
Brahms legte die Tüte auf den Beifahrersitz. Ein Stück weiter fand er eine Parklücke und hielt erneut an. Noffi hatte den Kopf auf die Lehne des Sitzes gelegt, schnupperte heftig an der Tüte und jaulte leise.
„Zu viele Gerüche, was?“, fragte Brahms.
Er nahm die nach einem feuchten Keller und faulenden Bananen stinkende Tüte und brachte sie nach hinten in den Kofferraum. Dann öffnete er einen Moment lang alle Fenster. Er sah zur Uhr. Wenn er die Strecke nicht schnell schaffte, würde der Makler nicht mehr im Büro sein. Andererseits mussten Jacke und Mütze so schnell wie möglich zur Polizei. Sicher fand man darin Material für einen DNA-Test. Er wählte Bernd Petersens Nummer. Die Mailbox schaltete sich ein.
„Hier ist Brahms. Ich habe die Jacke und Mütze des Täters.“

19

Freitag, 17.00 Uhr

Vier große spiegelnde Messingschilder mit weißlichen Putzmittelresten in den Gravierungen kündeten von der weltweiten Bedeutung Jürgen Mistrals: Mistral Immobilien, Deutschland. Mistral International, New York. Mistral SA, Zürich. Mistral Urban Design, Brasilia.
Brahms nahm den Fahrstuhl in den vierten Stock. Wenn er Pech hatte, war Jürgen Mistral nicht mehr im Büro. Hinter einem Stahltresen empfing ihn eine Sekretärin und führte ihn nach einem kurzen Telefonat in einen Besprechungsraum. Ein Tisch mit schwarzem Klavierlack und eingelegtem grünen Leder, Stühle in gleicher Ausführung und Lederpolsterung. In einer Vitrine mehrere Modelle von Wolkenkratzern aus graviertem Plexiglas. An der Wand ein großes dreiflügeliges Altarbild aus Holz. Brahms betrachtete die Holzwurmlöcher.
Jürgen Mistral kam im dunkelblauen Anzug mit silberner Krawatte herein und stutzte. „Wir kennen uns."
Brahms nickte. „Dieser Altar …"
„… ist echt", ergänzte Jürgen Mistral.
„Wie kommt man an so etwas?" Brahms wollte keine Antwort, gab dem Makler die Hand. „Wir kennen uns durch Hanna, aus ihrer Bar. Brahms, Ludwig Lutz

Brahms. Sie wissen schon, ich bin der Junior sozusagen."
„Und Sie betreiben eine Detektei?"
„Ja." Brahms legte eine seiner Visitenkarten auf den Tisch. Sie setzten sich gegenüber. Die Sekretärin kam, fragte nach Getränkewünschen. In einem Büroschrank befand sich ein eingebauter Kühlschrank, aus dem sie italienisches Tafelwasser in geschliffenen Kristallgläsern servierte.
Brahms wartete, bis die Sekretärin wieder gegangen war, neigte sich vor und sagte leise: „Ich habe den Auftrag, eine beträchtliche Investitionssumme diskret zurückzuholen. Und ich weiß, Sie haben in dasselbe Projekt investiert."
Mistral breitete die Arme aus. „Ich bin weltweit ..."
„Es geht um ein Hotel in Hamburg. Das Projekt Winter", sagte Brahms. „Wie sind Ihre Erfahrungen damit?"
„Ich verstehe nicht. Was gibt es für Probleme?"
„Die Sicherheit des Geldes ist nicht mehr gewährleistet."
Mistral lehnte sich zurück, streckte die Füße weiter unter den Tisch und verschränkte die Arme hinter dem Kopf. Brahms dachte, dass eine solche Geste nur passt, wenn Mistral nicht investiert oder sein Geld bereits zurückgeholt hatte.
„Ich habe kein Geld in diesem Projekt", sagte er und bewegte die Mundwinkel nach unten.
„Sie haben es zurückgezogen?"
Mistral schwieg reglos. Schließlich stand er auf, ging zum Fenster. „Was genau wollen Sie?"

„Es gibt eine reelle Chance, an das Geld zu kommen. Bis jetzt habe ich für die Rückzahlung nur zwei Investoren ausgemacht."
Brahms ging ebenfalls zum Fenster. Er sah auf den Rathausmarkt hinaus.
„Und dieses Hotelprojekt, existiert es nicht mehr?"
Jürgen Mistral schien jedes Wort genau abzuwägen.
Von hier oben erschien ihm der Rathausmarkt seltsam ungestaltet. Er wirkte eher wie eine Freifläche, die auf eine Mitte wartete. Einen Brunnen vielleicht. Die beiden Glas- und Stahlkonstruktionen auf dieser Seite des Platzes hatten die Anmutung von U-Bahn-Eingängen. Für die darunterliegenden Imbiss- und Andenkenbuden standen sie nicht im richtigen Verhältnis.
„Sehen Sie, da drüben." Jürgen Mistral wies auf eines der Rathausfenster. „Der Bürgermeister steht am Fenster." Mistral winkte hinüber. Eine Finte. In dem riesigen Rathausschloss war niemand am Fenster zu erkennen.
„Ich habe beste Verbindung hinüber und herüber."
Brahms begriff. Mistral wollte ihm mitteilen, dass er aufgrund seiner Beziehungen bereits von Ralf Winters Tod wusste. Obwohl die Medien noch nicht berichtet hatten. Genauso gut konnte es auch das Wissen des Mörders sein.
„Sie schreiben die Investition als Verlust ab?", fragte Brahms.
„Es ist kein Verlust entstanden." Mistral grinste.
„Doch", sagte Brahms. „Sie brauchen zum Doppelkopf im Kalenbach einen neuen Mann."

20

Freitag, 17.30 Uhr

Thoralf Wellmann erwartete ihn am Ausgang des Bürogebäudes. Er lehnte an der Mauer. Der Marmorkopf einer Cäsarenplastik, denn zur Frisur war auch noch blasse, fast weiße Haut gekommen.
„Was machst du hier?“, brummte Brahms.
„Mir ist schlecht. Ich habe versucht, eine Zigarette zu rauchen“, sagte Wellmann und wies auf einen Haufen ausgetretener Zigaretten. „Seitdem in so gut wie allen Bürogebäuden das Rauchen verboten ist, entsteht unter den Rauchern vor der Tür eine große Solidarität, man kommt ins Gespräch, freundet sich an. Und wenn du bedenkst, dass die meisten Raucher junge Frauen sind, wirst du verstehen, dass ich den ganzen Tag von Bürogebäude zu Bürogebäude laufe, um mit ihnen eine Zigarette zu rauchen. Und für den Abend verabrede ich mich dann mit einer von ihnen in einem der Raucherclubs.“
„Du rauchst doch gar nicht.“
„Mir wird ja auch schlecht davon. Sieht man das nicht? Aber du musst zugeben, es ist im Augenblick die beste Methode, Frauen kennenzulernen.“
Sie überquerten den Rathausmarkt, und Brahms berichtete von seinem Gespräch mit Jürgen Mistral.

„Was findet Hanna eigentlich an ihm?“, fragte er.
„Ach, du weißt doch, Hannas Bar ist für sie nur eine Fliegenfalle. Sie dachte, sie lernt dadurch den richtigen Mann kennen. Aber alle, die kommen, sind nur Fliegen, die vorher auf einem Hundehaufen gesessen haben.“
„Du bist ja sehr streng.“
„Da ich selbst zur Konkurrenz gehöre, darf ich solche Sachen sagen. Man muss mich nicht ernst nehmen.“
„Du?“, fragte Brahms.
„Leider bin ich bloß Kunstmaler. Sie sucht jemanden, der reich ist und über Ansehen verfügt. Über Landhäuser in Frankreich, Italien, mindestens über eines an der Ostsee. Schleimündung.“
„Hast du ihr jemals einen Antrag gemacht?“
„Sie würde ihn ablehnen. Ich habe eine langfristige Strategie. Bis jetzt verhindere ich ihre Liebhaber. Mit Jürgen Mistral werde ich auch noch fertig.“
„War Hanna nicht noch vor Kurzem total verliebt in diesen Notarzt?“
„Ha, ich habe sie nur gefragt, ob sie nicht immer das Gefühl hat, er würde sie nach kleinen Knoten abtasten.“
„Was bist du bloß für ein ekelhafter Typ.“
Wellmann sank in sich zusammen. „Du hast ja recht. Das ist das Problem an meiner Strategie, ich selbst werde nicht attraktiver dabei. Aber was soll ich tun?“
Sie gingen quer über den Platz zur Schleusenbrücke. Brahms erzählte von dem Jackenkauf bei dem Obdachlosen.

„Die Jacke allein nützt nichts", sagte Thoralf.
„Doch, wenn man einen Verdächtigen hat und seine Spuren darin findet."
„Nein, was ich meine, ist, der Täter war auf der Flucht, die auffällige Jacke war Konzept und sie wegzuwerfen war ebenso geplant. Also müsste das etwa so gegangen sein: Die Jacke gehörte ursprünglich dem Täter, dann hat er sie an einen Secondhand-Laden gegen Quittung verkauft und sie dort später wieder inkognito gekauft. Er kann die Spuren also damit erklären, dass ihm die Jacke mal gehörte, aber er hatte sie verkauft, sie war zum Zeitpunkt des Mordes nicht mehr in seinem Besitz. Kannst du mir noch folgen?"
Brahms nickte. „Denken Mörder so weit voraus?"
Am Denkmal für die Opfer der Weltkriege warteten zwei Rikschafahrer auf Kunden. Wellmann lehnte sich gegen das eiserne Brückengeländer, winkte Brahms heran. Zahlreiche Schwäne hatten sich im Alsterfleet am Fuß der Treppen versammelt und wurden von Kindern gefüttert.
„Jetzt", sagte Wellmann, „sind wir auf etwa zwanzig Touristenfotos verewigt." Er deutete auf eine Gruppe Asiaten, die am Jungfernstieg standen und ihre Fotoapparate erhoben hatten, um das Lieblingsmotiv der Touristen aufzunehmen: der Blick durch die Alsterarkaden auf das Fleet und das Rathaus. „Alle von denen, die in zehn Tagen durch Europa reisen, werden zu Hause nicht mehr wissen, ob das nun Venedig oder Hamburg ist." Er drehte sich um. „Und jetzt zeige ich

dir, woran man erkennt, dass man nicht in Venedig ist." Er wies auf die moderne Fortsetzung der Alsterarkaden auf der anderen Seite der Schleusenbrücke. „Eine solche Scheußlichkeit würde man in Venedig nicht zulassen. Was sind das für Dachelemente? Papierflugzeuge. Und darunter ausgestreckte Stahlträger, wie Arme von Ertrinkenden. Wie kommt es zu diesem Machwerk an touristisch dominanter Stelle? Aber diese Frage habe ich bereits beantwortet: Man will sich von Venedig unterscheiden."

Brahms hob die Brauen. „Was hat das mit der Jacke zu tun?"

„Nichts. Wir müssen zum Standort des Papierkorbes. Wir wissen, wann die Jacke etwa hineingestopft worden ist. Es muss sich jemand finden lassen, der das beobachtet hat, der eine Beschreibung des Mannes abgeben kann."

„Du bist wirklich gut, Dr. Watson." Brahms reckte den Kopf. Für einen Moment hatte er in der Menge das Leuchten eines rasierten Pitbullschädels gesehen. Daniel Goly. Er war ihnen entgegengekommen, hatte sie bemerkt und sofort einen Laden betreten.

„Zurück zu unserer schönen Stadt", sagte Thoralf.

„Sind wir wieder mal bei deinem Lieblingsthema angelangt: die Manifestation der Politik in der Gestaltung der Stadt?"

Thoralf knurrte. „Ersetze Manifest durch Symbole."

Brahms fiel ein, dass Noffi im Parkhaus des Alsterhauses wartete. Er drängte Thoralf zur Eile.

Sie kamen an die Kreuzung Neuer Wall, an der sich regelmäßig die reichsten Hamburger beim Einkauf trafen, denn hier lagen einige der exklusivsten Geschäfte. Thoralf blieb stehen.

„Komm mit." Brahms zog ihn weiter. Thoralf Wellmann wehrte sich. „Nur einen Moment." Er zeigte auf das Pflaster. Im Kreuzungsbereich war der Unterschied zwischen Straße und Fußweg fast vollständig durch die Belegung mit gleichen gelben Platten aufgehoben worden.

„Hier siehst du, in einem Minibereich, was intelligente Politik vermag, wenn sie sich einfacher psychologischer Mechanismen bedient. Die Aufhebung des Vorranges jedes Verkehrsteilnehmers, die Lösung aller Verkehrsprobleme einer großstädtischen Innenstadt. Aber da eine Behörde ihre Existenz nur rechtfertigt, wenn sie Vorrangigkeitsbescheinigungen ausstellen kann, geht die Entwicklung in die andere Richtung."

Brahms war weitergegangen. Das Tempo und seine Erklärungen brachten Thoralf drei Schritte hinter ihm außer Atem. Jetzt hatte Brahms den Laden erreicht, in dem Goly verschwunden war. Ein Juwelier, dessen Geschäft zu einer eleganten Festung ausgebaut war. Man konnte nicht hineinsehen. Aber da der Eingang direkt an der Ecke lag, musste Goly in das anschließende Bürohaus gegangen sein. Eine Glastür. Der Fahrstuhl stand im Erdgeschoss und war nicht bewegt worden.

„Ich hab Goly hier irgendwo reingehen sehen", sagte Brahms. „Offensichtlich versuchte er, sich vor uns zu

verstecken." Er ging ein paar Schritte zurück zu dem Juweliergeschäft.
„Er folgt dir noch immer?"
Brahms nickte. Ein Wachmann des Juweliers in engem dunklen Anzug mit silberner Security-Medaille näherte sich. Er blies seinen Brustkorb auf, so dass sich das Revers seines Jacketts aufstellte. Dann fuhr er seinen rasierten Kopf nach oben. Ähnlichkeit mit Goly.
Thoralf und Brahms gingen rasch weiter. Der Zugang zum Parkdeck des Alsterhauses war nur durch das Kaufhaus möglich. Vorbei an Koffern, Handtaschen, Herrenbekleidung. Brahms ahnte, dass etwas geschehen war. Kaum hatten sie das oberste Parkdeck betreten, sahen sie die Heckklappe des Golfs offen stehen. Aufgebrochen. Noffi saß auf dem Rücksitz, zitterte am ganzen Köper. Wegen der Hutablage hatte die Hündin sich nicht auf den Autoknacker stürzen können. Brahms öffnete die Tür. Noffi sprang heraus, umrundete den Wagen und bellte zweimal. Brahms beugte sich herab, nahm sie in den Arm und sie erzählte, was geschehen war.
„Ich weiß, du konntest nichts tun", beruhigte Brahms die Hündin.
Thoralf blickte in den Kofferraum. „Fehlt was?"
„Natürlich. Die Tüte mit der Jacke und der Mütze des Mörders."
„Goly?"
„Er hatte vorhin keine Tüte bei sich."
„Wenn er sie in sein Auto gepackt hat? Kennst du seinen Wagen?"

„Ein grüner alter Mercedes."
Sie durchsuchten das Parkhaus. Golys Wagen fand sich nicht.
„Daniel Goly hielt mich von Anfang an für einen Hintermann des Mörders. Jetzt hat er den Beweis", sagte Brahms.

21

Freitag, 18.30 Uhr

Die Hündin auf dem Rücksitz gab ihm ein Zeichen.
„Wir müssen Noffi mal rauslassen", sagte er zu Thoralf Wellmann und bog in den Parkstreifen vor dem Altonaer Rathaus ein. Die Sonne war wieder hervorgekommen, und die weißen Mauern blendeten Brahms. Vergeblich suchte er im Handschuhfach nach einer Sonnenbrille.
Sie überquerten die Straße hinüber zum Altonaer Balkon. Der Name des Platzes war Programm, er bot vom Steilufer einen Blick über die Elbe. Brahms ließ Noffi von der Leine, befahl ihr, in Sichtweite zu blieben. Auf den Bänken um die Bronzeplastik der drei Fischer mit den Rudern saßen mehrere Mütter mit Kindern. Noffi trabte an ihnen vorbei bis zu den Büschen am Rand des Platzes. Während sich Thoralf an das Gitter lehnte und die Aussicht bewunderte, stand Brahms mit dem Rücken zur Elbe. Er beobachtete die Hündin, die ihm immer wieder einen Blick zuwarf.
„Ich setze dich am besten im Kalenbach ab", sagte Brahms. „Du kannst dann herausfinden, wer der vierte Mann in der Doppelkopfrunde gewesen ist. Ich fahre inzwischen weiter zum Apotheker."

Wellmann brummte nur. Er legte beide Arme auf das Gitter des Aussichtspunktes. „Warum sucht der Mensch immer die erhöhte Aussicht?“, fragte er.
„Er sucht die Perspektive Gottes. Hier ist es der Blick auf die in Jahrtausenden ebenso zerstörte wie kultivierte Landschaft, auf die veränderten Flussläufe. Die in die Elbinsel hineingebohrten Hafenbecken und Kanäle sind in Zeiten der Containerschifffahrt überflüssig geworden, aber von oben wird selbst eine geschundene Industrielandschaft zur Attraktion.“
„Stimmt. Sogar die Faultürme der Abwasserreinigung haben von hier aus ihren Reiz.“ Wellmann löste sich vom Gitter. „Ich hätte Landschaftsmaler werden sollen, was? Für dic göttliche Perspektive. Zum Glück kann ich nur Menschen malen. Bildermenschen, ich erschaffe sie neu. Ich bin Gott.“
„Und wie verträgt sich das mit deinen Porträtaufträgen?“
„Wenn ich porträtiere, entsteht auch immer ein neuer Mensch.“
Noffi drückte sich mit mehreren Umdrehungen in die Lücke eines seitlichen Gebüschs. Brahms holte eine der schwarzen Plastiktüten aus seiner Jackentasche.
„Ist das dein Kommentar“, fragte Thoralf und tippte auf die übliche schwarze Tüte zum Sammeln der Hinterlassenschaften von Hunden.
„Nein, es ist Noffis Kommentar.“ Brahms ging zu der Hündin. Er stülpte die Tüte über den Hundekot, verknotete sie und warf sie in einen der Papierkörbe. Noffi lief

ohne Befehl bei Fuß, sie gingen zum Auto zurück und fuhren in das Einbahnstraßensystem Ottensens. An einem Punkt zwischen Apotheke und dem Kalenbach fand Brahms eine Parklücke. Thoralf bestand darauf, seine Fähigkeiten als Hundeführer auszuprobieren und Noffi mitzunehmen. Auf dem Weg zur Apotheke meldete sich Kommissar Petersen am Handy: „Mein lieber Brahms, ich muss dringend etwas essen, kommen Sie mit?"

„Gern, wo?"

„Was halten Sie vom Man Wah, dem Chinesen auf der Reeperbahn, Ecke Taubenstraße. Haben Sie dort schon mal die Nudelsuppe ..."

„Ja, gute Idee, wann?"

„Jetzt."

„Oh, ich brauche noch etwa dreißig Minuten."

„Mir knurrt der Magen, aber gut."

Wieder öffnete sich die Tür der Apotheke mit einem Zischen, Brahms entdeckte den Apotheker in einer der leeren Beratungskabinen, aber eine Helferin versperrte ihm den Weg. Er musste auf der Stuhlreihe vor den Kabinen warten. Dann kam Manfred Grund.

„Sie wünschen?" Grund schaute ihn nicht an. Der Stoff seiner Hosenbeine zitterte.

Brahms erhob sich. „Ich habe noch eine Frage."

Grund führte ihn in die Kabine. Sie setzten sich. Grund strich sich die langen weißen Haare aus dem Gesicht. Noch immer sah er Brahms nicht an.

„Es geht noch einmal um die Investition", sagte Brahms und beugte sich vor. Grund roch nach Schweiß.

„Welche Investition?" Grund machte einen Strich auf dem vor ihm liegenden Notizblock.
„Wir sprachen heute Nachmittag darüber."
„Heute Nachmittag. Sie waren schon einmal hier?" Grund sah ihn nicht an, sondern betrachtete den Bodenbelag aus weißem Kunststoff mit grauem Schlierenmuster.
„Sie erinnern sich nicht?" Brahms legte die Arme auf den Tisch, um sich Grund zu nähern. Der Apotheker wich mit dem Oberkörper zurück, drehte den Kopf zur Seite. Brahms sog die Luft ein. Der Schweiß hatte einen süßlichen Anteil. Grund roch nach Angst.
„Ich weiß wirklich nicht, wovon Sie sprechen."
„Sie ließen mich ein Mittel gegen Liebeskummer auspendeln, aber unser Thema war Ihre Investition in den Hotelbau von Ralf Winter."
Manfred Grund schüttelte den Kopf. Das weiße Haar wedelte, als wären es die Hundeohren eines Afghanen.
„Sie müssen sich irren, ich investiere nicht in Hotels und habe das auch nie getan." Grund blätterte mit dem Daumen die Seiten des Notizblocks auf.
„Ich bin Ludwig Lutz Brahms."
„Der Name sagt mir etwas." Der Apotheker sah ihn ganz kurz an und blickte dann wieder auf seinen Block.
„Ich kenne Ihren Vater. Aber wir beide haben uns noch nie gesehen." Manfred Grund zog mit Schwung eine zweite Linie quer über den Notizblock.
„Sie werden inzwischen von Jürgen Mistral erfahren haben, dass Ralf Winter tot ist."

„Jürgen Mistral? Wer ist das?“

„Sie spielen mit ihm einmal in der Woche Doppelkopf im Kalenbach.“

„Oh, ich kenne die Namen nicht. Es spielen immer mal andere mit.“

„Er hat wie Sie in den Hotelbau investiert. Ich bin beauftragt, das Geld zurückzuholen. Wenn Sie nichts investiert haben, dann ist es ja gut, dann kann ich das Geld unter den anderen Investoren verteilen.“ Brahms erhob sich, wartete noch auf eine Reaktion des Apothekers, aber der starrte auf seinen Block und zog eine weitere Querlinie.

Vor der Apotheke wartete bereits Thoralf Wellmann. Noffi drängte sich an Brahms' Beine.

„Ich habe den vierten Mann, samt Adresse. Anton Czech. Ein Arzt gleich hier in der Nähe. Er hat bis spät abends Sprechstunde.“

„Hat keinen Zweck mehr“, sagte Brahms.

„Vielleicht gehe ich doch mal zu ihm.“

„Lass es bleiben. Mistral hat alle alarmiert. Keiner wird mehr zugeben, dass er sein Schwarzgeld in das Projekt gesteckt hat.“

„Aber Winter wird doch Unterlagen haben?“

„Klar, mit Geheimtinte geschrieben.“

„Oder mit seinem Blut.“

22

Freitag, 19.20 Uhr

Brahms konnte jedes Restaurant mit geschlossenen Augen erkennen. Chinesen, Türken, Italiener, Griechen, Franzosen, Spanier – alle besaßen den speziellen Duft ihrer Speisen. Und die Intensität der Wolke aus der Küche verriet ihm sogar das jeweilige Preisniveau. Je dicker die Luft, umso preiswerter.

Er betrat das Man Wah an der Reeperbahn. Petersen saß bereits im oberen Teil, hatte ein Bier vor sich stehen und winkte ihm, er solle sich beeilen.

Das Man Wah war von Grund auf umgebaut und renoviert worden. Früher hatte der China-Kitsch den Ton angegeben. Jetzt wirkte es fast karg. Ein europäisches Bistro hätte sich genau so darstellen können. Vielleicht hatte das in Wandsbek liegende Ni Hao Schule gemacht. Von vornherein hatte es sich im Interieur nur wenig von europäischen Restaurants unterschieden. Vielleicht war deshalb seine hervorragende chinesische Küche anders wahrgenommen und von Restaurantkritikern hoch gelobt worden. Jetzt hatte das Ni Hao sogar unter dem Namen Copperhaus einen Ableger im Empire Riverside Hotel eröffnet, das sich äußerlich nicht mehr von einem Franzosen oder Italiener unterschied.

„Mir gefiel es hier früher besser", sagte Petersen. Er erhob sich halb, sein Bauch bremste ihn an der Tischkante. Er gab Brahms die Hand. Sie setzten sich. Der Platz am Fenster erlaubte den Blick auf die Tankstelle in der Taubenstraße. Hier hielten sich viele Jugendliche auf. Im Shop der Tankstelle kauften sie ihr Bier preiswerter als in den Lokalen und tranken es auf der Straße. Ein ganz in Schwarz gekleidetes Mädchen erinnerte ihn an die Fremde aus Hannas Bar. Er beugte sich vor, um die Straße zu überblicken.

„Suchen Sie jemanden?", fragte Petersen.

„Ja, eine bestimmte Frau."

„Verliebt und keinen Hunger?"

Brahms nickte.

„Ich brauche dringend etwas zu essen." Petersen winkte dem Kellner, der ihn aber nicht bemerkte. Brahms blätterte in der Speisekarte. „Ich nehme die Nudelsuppe mit Ente." Er nickte ihm mehrmals zu, um ihn zu derselben Bestellung zu bewegen. „Immer sehr gut."

„Ich dachte eher an diese rotlackierte Ente, finde sie aber nicht mehr in der Karte. Es ist alles neu geordnet. Vielleicht nehme ich aber auch einfach zweimal gebratenes Fleisch."

Petersen atmete tief ein. „Kommen Sie, die Nudelsuppe. Ich übernehme die Verantwortung."

„Wie hieß dieses Gericht mit den Cashewnüssen?" Es bereitete Brahms Vergnügen, Petersens Bestellung hinauszuzögern. „Haben Sie eigentlich Ralf Winters Konten einsehen können?"

Petersen presste die Lippen aufeinander, schluckte trocken. „Lassen Sie uns erst einmal bestellen. Beeilen Sie sich, Brahms, ich habe seit heute Mittag nichts mehr essen können."

„Vielleicht nehme ich doch den Fisch."

„Die Suppe ist am schnellsten da."

„Ich nehme nur die Suppe, wenn sie mich über Winters Konten informieren."

„Sie wissen, dass ich das nicht kann."

„Die Fastenspeise war immer gut, nicht wahr? Oder doch einfach nur Bratnudeln?"

Der Kommissar rutschte auf seinem Stuhl hin und her, blies die Luft aus.

„Die Konten!", verlangte Brahms. Der Kellner hatte sich in einiger Entfernung aufgestellt.

„Die Suppe!"

„Gut."

Petersen bestellte für beide die Nudelsuppe, aber das Entenfleisch ohne Knochen. Er trieb den Kellner zur Eile an. Brahms gelang es gerade noch, ein Bier für sich zu bestellen.

„Warum die Konten?", fragte Petersen.

Brahms sah zu den Jugendlichen an der Tankstelle hinüber. „Ist das Verbot, auf der Reeperbahn und anliegenden Straßen öffentlich Alkohol zu trinken, eigentlich noch im Gespräch?"

Petersen nickte.

„Hieß es nicht mal: St. Pauli ist für alle da?", fragte Brahms.

„Was meinen Sie damit?"
Petersen winkte dem Kellner, bestellte Krupuk. „Ich muss meinen Magen beruhigen."
„Mit diesen Krabbenchips werden Sie ihn zu einem Raubtier machen."
„St. Pauli ist übrigens nicht mehr für alle da", sagte Petersen. „Früher war das mal der ärmste Stadtteil. Dieses Prädikat hat jetzt ein Randbezirk, Jenfeld."
„Das meine ich: Es geht also genau gegen die, die zwar dabei sein wollen, sich das Bier aber nur am Kiosk leisten können?"
Petersen hob beide Hände. „Bis jetzt will man nur die Glasflaschen verbieten. Weil sie als Waffe benutzt wurden. Aber ich denke auch, es geht schon gegen das öffentliche Trinken von Alkohol."
„Und dann läuft es wie in den USA mit den in Brownbags eingewickelten Flaschen."
Der Kellner schob eine ovale Schale mit Krupuk über den Tisch und schenkte Brahms das Bier ein.
„Was ich gern wüsste", sagte Brahms, „ist, wie Winter die Finanzierung des Hotels hinbekommen hat."
„Ich weiß noch, wie ich hier vor Jahren zum ersten Mal Gang Gung entdeckte. In der neuen Karte heißt es Ong Choy. Sie finden es bei dem chinesischen Gemüse unter B 2", sagte Petersen. Er knabberte an dem luftigen Krabbengebäck. „Vielleicht hätten wir doch ein oder zwei Dim Sum vorweg essen sollen. Na ja, nun ist es sowieso zu spät. Zurück zum Ong Choy. Es sind diese grünen Gemüsestängel in der Knoblauchsoße, eine

Sumpfpflanze, nehme ich an." Er konnte nicht weitersprechen, da sich zu viel Speichel im Mund angesammelt hatte. Er schluckte und fuhr fort: „Ich hatte es auf dem Teller eines chinesischen Gastes gesehen, denn es stand früher nicht im europäischen Teil der Karte."

„Woher kam das Eigengeld zur Sicherung der Finanzierung?", fragte Brahms.

„Mögen Sie Dim Sum? Diese glibberigen ..."

„Ja."

„Sie wissen, dass Winter zwei weitere Geschäfte hat, eins in Rostock und eins in Leipzig? Und dass er ein Haus in Altona besitzt?"

„Nein, das wusste ich nicht. Dann war genug Geld da?"

„Nein." Petersen schluckte wieder. „Und wissen Sie, mir ist es völlig egal, ob in der braunen Soße zu manchen Dim Sums Glutamat drin ist oder nicht."

„Wie viel Geld hatte Winter?"

„Brahms, ich mache Ihnen einen Vorschlag. Ein Gegengeschäft. Ich kenne ja die negative Einstellung Ihres Vaters gegenüber Ihrem Detektivdasein. Ich erzähle ihm nichts, und Sie erzählen mir, was Ihrer Meinung nach in Winters Laden vorgegangen ist."

„Es wäre besser, Sie erzählen mir zuerst, wie es mit den Finanzen Winters aussah, dann könnte ich Ihnen ein besseres Bild der Vorgänge in Winters Laden liefern. Und mein Vater weiß übrigens schon Bescheid."

Brahms dachte an die Getränkeidee seines Vaters. Wie wäre es mit Bier und Koffein? Würde der Alkohol durch Koffein nicht noch schneller wirken? Er lächel-

te. Jetzt tat er, was sein Vater wollte: Er dachte über die Geschäftsidee nach.
Petersen winkte dem Kellner. „Einmal Dim Sum mit Krabben und Schnittlauch. Z 1. Bringen Sie mir das möglichst noch vorher. Ich meine, vor der Suppe." Er sah Brahms fragend an.
„Nein, nichts", sagte Brahms. Er lehnte sich zurück.
„Nun?", fragte Petersen. „Erzählen Sie schon."
„Okay, ich gebe auf. Der Täter muss aus dem engeren Bekanntenkreis von Winter kommen. Er wusste, dass Winter Geld in der Vase im Büro aufbewahrte. Er wusste, dass die Sperre in der Tür zu den hinteren Räumen nicht funktionierte. Er wusste, dass Winter eigentlich um diese Zeit im Sportstudio ist."
Petersen nickte.
„Der Mord war wahrscheinlich nicht geplant. Es war ein Unglücksfall."
„So weit sind wir auch."
„Der Täter kommt ins Büro und wird von Winter überrascht. Winter kennt den Täter. Der Täter muss Winter umbringen, um unerkannt zu bleiben."
„Genau das ergeben unsere Ermittlungen auch." Petersen lehnte sich ebenfalls zurück, zog die Mundwinkel nach unten, blies die Luft aus. „Brahms, wo ist Ihre Spürnase?"
„Jetzt kommen die Dinge, die nicht in dieses Bild passen."
Der Kellner brachte die beiden Schüsseln mit der Nudelsuppe und den gerösteten Ententeilen darin.

Petersen beugte sich darüber, wedelte sich mit der Hand den Suppendampf ins Gesicht. „Jetzt nichts erzählen. Ich kann erst wieder zuhören, wenn ich was im Magen habe.“ Er drückte mit dem Löffel auf die Fleischteile, rührte vorsichtig um, dann nahm er den ersten Löffel auf und schlürfte die Suppe. Er setzte den Löffel ab, hauchte mit offenem Mund: „Zu heiß.“
Brahms rührte seine Suppe noch nicht an. „Wenn der Täter aus dem näheren Bekanntenkreis ist, müsste Daniel Goly ihn beim Hereinkommen doch erkannt haben. Oder er steckt mit ihm unter einer Decke. Das würde erklären, warum er hartnäckig behauptet, ich hätte etwas damit zu tun. Er will von sich ablenken.“
„Viel zu heiß, verdammt! Das macht der Koch mit Absicht.“
„Der Täter zieht auffällige Kleidung an und entledigt sich dieser danach sofort. Ein typischer Trick, um sich ganz schnell Verfolgern zu entziehen. Ich weiß noch nicht, welchen Schluss ich daraus ziehen soll.“
Petersen beugte sich wieder nach vorn, tauchte den Löffel in die Suppe, führte ihn vorsichtig an den Mund. „Ah, jetzt geht's. Lassen Sie uns essen.“
„Wenn der Täter glaubt, dass in den hinteren Räumen niemand ist, wieso glaubt er dann, einfach an Goly vorbei nach hinten gehen zu können? Goly würde doch niemand hineingehen lassen, wenn er weiß, dass Winter nicht da ist.“
„Köstlich.“ Wieder zerquetschte Petersen die Ententeile mit dem Löffel, rührte um und löffelte dann

in zunehmender Geschwindigkeit die Suppe in seinen Bauch. Alle Nudeln und Fleischteile ließ er liegen. „Macht nur dick", erklärte er.

„Der Täter trifft auf Ralf Winter. Wenn ich davon ausgehe, dass beide sich nicht kennen, gibt es keinen Grund, Winter umzubringen. Der Mann bedroht ihn zwar, stößt ihn zur Seite. Winter fällt rückwärts mit dem Kopf gegen die Marmorplatte. So sieht kein Mord aus."

Petersens Dim Sum wurde serviert. „Zu spät", sagte er. „Ist jetzt zu spät." Er schob das aus Bambus gefertigte Körbchen mit den glasigen Teigtaschen von sich. Er tippte den Löffel in die kleine Soßenschale und leckte am Löffel.

„Ich glaube", sagte Brahms, „es macht alles nur Sinn, wenn Winter jemanden erwartet hat. Er ist bewusst nicht zum Training gegangen. Er war in seinem Büro verabredet. Er kannte den Täter. Warum trug er aber dann Kleidung, die man auch als Verkleidung definieren kann?"

Petersen zog die Dim Sum wieder zu sich heran, schnupperte an ihnen.

„Und die Lösung dieses Falles findet man nicht durch Befragungen, sondern durch denken. Ich glaube, es ist schon alles an Erkenntnissen vorhanden, um den Fall zu lösen. Man braucht ein Gedankengerüst, das kongruent über alle Vorgänge und Ereignisse gelegt werden kann. Dann hat man auch den Mörder."

Petersen versuchte, die Dim-Sum-Teile mit dem Löffel zu zerteilen, doch dann wälzte er sie ganz in der Soßenschale und sog sie in seinen Mund, lutschte und kaute. Als alles gegessen war, rieb er sich die Hände. Er grinste Brahms an.

„Jetzt noch mal, wie war das?"

Er griff über den Tisch, legte seine Hand auf Brahms' Arm.

„Entschuldigung, ich habe nicht richtig zugehört."

23

Freitag, 20.30 Uhr

Wie kleine Schiffe, den Wellen ausgeliefert, bewegten sie sich durch die Menschenmenge vor dem Konzertsaal, dem Docks. Brahms versuchte, von der schwarzen Kleidung und den Frisuren auf die Art der Band oder der Musik zu schließen. Die Menge roch nach Möbelpolitur und Motorradöl. Ein großer schwarzer Bandbus ohne Aufschrift und ein Übertragungswagen des Rundfunks parkten vor dem Eingang. Absperrgitter öffneten sich. Die Stimmen schwollen an.

Dann hatten sie die Menge passiert.

„Wer spielt da?“, fragte Brahms.

Petersen hob die Schultern, brummte nur. In diesem Augenblick spiegelten sie sich im Fenster einer Bar. Zwei Hunde unterschiedlicher Rasse gegen den Strom der Passanten. Ein dicker, der seinen Weg behauptete. Ein dünner, der mal nach links, mal nach rechts auswich. Vor dem Schmidt-Theater, dem Tivoli und dem St.-Pauli-Theater hatten sie keine Menschenmengen mehr zu durchqueren. Die Vorstellungen hatten schon begonnen. Sie gelangten schnell bis an die Ecke zum Backsteinbau der Davidwache. Brahms hatte Petersen die Geschichte der Jacke erzählt. Der Kommissar bat

ihn zu warten, er müsse nur schnell in die Polizeiwache, sei gleich wieder zurück.
Brahms wusste, dass Petersen unbelauscht telefonieren wollte. Er lehnte sich an die Mauer der Polizeiwache und sah einer Gruppe zu, die von einer jungen Frau zu Fuß durch St. Pauli geführt wurde.
Petersen kam zurück. „Warum haben Sie mir nicht gesagt, dass in Ihre Wohnung eingebrochen wurde?"
Brahms knurrte. „Einbrüche, bei denen nichts gestohlen wird, ich bitte Sie ... Das ist doch lästig für die Polizei."
„Und den Diebstahl der Jacke haben Sie auch nicht gemeldet."
„Ein Autoaufbruch, gibt es etwas Ermüdenderes für die Polizei. Was glauben Sie, wie lange ich auf einen Streifenwagen hätte warten müssen?"
Petersen presste die Lippen aufeinander. „Sie hätten mich anrufen müssen."
„Fingerabdrücke und so? Ich weiß doch, wer es war. Daniel Goly."
„Ihre Nase ist vor Gericht kein Beweis." Petersen erhöhte das Tempo, um noch bei Grün die Reeperbahn zu überqueren. Vor dem Bankautomaten der Sparkasse hatte sich eine lange Schlange gebildet, die den Fußweg blockierte. Für einen winzigen Moment glaubte Brahms, den Heuduft in der Nase zu spüren. Er blieb stehen, reckte den Kopf, aber da war nichts mehr.
„Kommen Sie schon", rief Petersen.
Sie gingen zu Ralf Winters Laden. Er war geschlossen. Petersen klopfte. „Was halten Sie von einem Nachtisch?"

„An was denken Sie?“
„Panna cotta, Crème Caramel, Crema Catalana.“
Jemand in einem weißen Overall aus Papier öffnete. Sie wurden schweigend eingelassen. „Und?“, fragte Petersen.
„Crème Caramel“, sagte Brahms.
„Nichts“, antwortete der Mann in dem weißen Überzug und hob die Schultern. Der Anzug raschelte. Dann sagte er, dass sie so gut wie fertig seien.
„Lassen Sie mich raten“, sagte Brahms. „Sie haben die Überwachungsvideos angeschaut, weil Sie der Meinung sind, dass der Täter schon vorher hier war. Vermutlich haben Sie einen ähnlichen Mann entdeckt und dann alle Dinge nach Fingerabdrücken untersucht, die von ihm angefasst worden sind.“
„Warum kommen Sie eigentlich nicht zur Polizei?“, fragte Petersen.
„Ist mir zu langweilig.“
Petersen führte ihn nach hinten. „Der Vorteil ist, man gehört nie zu den Verdächtigen, sondern immer nur zu den Guten“, sagte er.
„Bin ich verdächtig?“
„Wie immer.“
Der Leichnam lag nicht mehr da. Das Blut im Teppich machte den Eindruck, als sei es noch nicht trocken. Der Kommissar hob eine der Vasenscherben auf und gab sie Brahms. „Verdienen Sie sich den Nachtisch, und riechen Sie mal dran.“
Brahms hob die Scherbe an seine Nase. „Ich rieche siebenhundertundfünfzigtausend Euro.“

„Ulf Winter sprach nur von den Tageseinnahmen des Ladens. Die Vase als Tresor sei eine Marotte seines Bruders gewesen."
„Ich wage mal eine Theorie", sagte Brahms. „Ralf Winter hatte drei Doppelkopfpartner, jeder investierte zweihundertundfünfzigtausend Euro Schwarzgeld. Winter wollte das Geld schwarz weitergeben an die Handwerker, die dafür Bauleistungen garantierten. Diese Garantien sollten dann für die Bank Bestandteil des Eigenanteils bei der Bewilligung der Hypothek sein."
„Hat Ihnen die Bank das erzählt?", fragte der Kommissar.
„Nein, ist nur so eine Idee."
„Her mit den Namen der Doppelkopfpartner!"
Brahms diktierte Petersen die Namen und Adressen.
„Sie sind sich sicher, dass es keiner von denen war?", fragte Petersen.
Brahms nickte, dann wagte er ein paar Schritte durch den Raum.
„Jeder von denen besitzt kriminelle Energien – aber einen offenen Raub … nein." Etwas irritierte ihn. Alle Möbel waren um wenige Zentimeter verrückt worden.
„Was haben Sie hier gesucht?", fragte Brahms.
„Das Geld", sagte Petersen. „Sie haben recht mit den Handwerkergarantien. Er hatte das Geld der Bank angekündigt, aber noch nicht übergeben. Es muss noch in seinem Besitz gewesen sein."
„Sie glauben nicht an die Vase?"

Petersen hob die Schulter. „Wollen wir für den Nachtisch zu Cuneo in die Davidstraße?“ Sein Handy klingelte. Er hörte schweigend zu. Dann ging er nach vorn, damit Brahms nicht mithören konnte, und stellte Fragen. Als er zurückkam, sagte er: „Wir haben die Jacke und die Mütze bei Goly gefunden.“
„Und was sagt Goly?“
„War nicht zu Hause. Aber die Suppe auf dem Herd war noch heiß. Eine Tütensuppe. Rindfleisch mit Nudeln. Das muss man sich mal vorstellen. Was ist das für ein Mensch?“
„Er ist wahrscheinlich ganz in der Nähe.“
„Können Sie ihn riechen?“
„Nein.“
Einer der weiß gekleideten Spurensicherer kam. „Da ist Ulf Winter an der Tür. Können wir ihn reinlassen?“
„Wenn Sie hier fertig sind.“
Er nickte.
Ulf Winter kam, unter dem Arm trug er einen Karton mit DVDs. „Der Laden muss weitergehen“, sagte er. „Kann ich morgen wieder öffnen?“
Petersen besprach sich mit seinen Beamten.
Ulf machte Brahms Zeichen, mit ihm hinter die Regale zu kommen. Er sortierte die DVDs ein. „Hör zu“, flüsterte er. „Wir haben nicht mehr viel Zeit. Ich erhöhe dein Honorar. Wenn du uns den Mörder vor der Polizei bringst, kriegst du pauschal zwanzigtausend von dem Geld. Wenn er es noch hat.“

24

Freitag, 21.00 Uhr

Das Cuneo in der Davidstraße, das älteste italienische Restaurant der Stadt, war ausgebucht. Ein dichtes Stimmengewirr mischte sich mit italienischen Liedern. Brahms und der Kommissar nahmen am Tresen Platz, der mit seiner darüberhängenden schmiedeeisernen gelblichen Lampe eher zu einer längst versunkenen Vorstadtkneipe passte. Wandlungen des Restaurants waren in den letzten Jahrzehnten nur in einem für die Gäste kaum spürbaren Tempo vorgenommen worden. Die Atmosphäre der sechziger Jahre war ein kostbares Gut. In der Musikbox befanden sich noch die Singles aus der gleichen Zeit. Die vielen Bilder an den rotlackierten Wänden stammten von mehr oder weniger prominenten Künstlern, die hier alle Stammgäste waren.

Franco Cuneo war nicht da, seine Tochter Franca dirigierte die Kellner und die Küche. Petersen wurde von ihr mit Küsschen begrüßt.

„Wo ist Franco?"

„Auf Mallorca."

„Radfahren?"

Sie nickte.

„Er ist begeisterter Rennradfahrer", erklärte Petersen. „Er will mich immer überzeugen, auch damit anzufangen." Petersen fasste unter seinen Bauch und hob ihn. „Wäre gut für mich, was?"
„Wollen Sie einen Tisch?", fragte Franca. Während sie mit ihnen sprach, dirigierte sie zwei mit Tellern beladene Kellner mit Handbewegungen an die entsprechenden Tische.
Der Kommissar schüttelte den Kopf. „Wir nehmen nur Dessert und bestellen bei Antonio am Tresen."
Antonio neigte sich zu ihnen.
„Crème Caramel, zweimal, und für mich einen doppelten Espresso." Er blickte zu Brahms.
„Nur Wasser", sagte Brahms.
„Wie kamen Sie eigentlich heute Morgen auf den Obstsaft mit Koffein?", fragte Petersen.
„Eine Idee meines Vaters, mit der er mich dazu bringen will, in die Firma einzusteigen."
„Dachte ich mir fast. Und?"
„Weiß nicht." Brahms hob die Schultern und überlegte, dass sich Petersen und sein Vater öfters trafen. Er war sich nicht sicher, ob die Getränkeidee ein reales Projekt oder nur ein Trick seines Vaters war, ihn in die Firma einzubinden.
Die beiden Crème Caramel kamen schnell, und der Kommissar stürzte sich darauf. Mit großer Geschwindigkeit schnitt er mit dem Löffel kleinste Stücke davon ab, wälzte sie in der braunen, leicht bitteren Soße und schob sie in den Mund. Brahms hatte noch nicht einmal

die Hälfte gegessen, als Petersen bereits fertig war. Er starrte auf den leeren Teller. „Manchmal frage ich mich, warum ich nicht mehr wie früher die Teller ablecken darf. Als ich Kind war, fanden das alle lustig." Er sah zu Brahms' Portion hinüber, und Brahms hatte das Gefühl, er müsse dem Kommissar den Rest anbieten.

„Wissen Sie", sagte Petersen, „manchmal kann man lesen, die Küche wäre hier nur durchschnittlich. Ich habe festgestellt, dass es eine Schutzbehauptung der regelmäßig einkehrenden Kritiker ist, um neue Gäste abzuwehren. Die Küche ist vorzüglich."

Er trank seinen Kaffee. „Was glauben Sie, warum hat Goly die Jacke nicht zu uns gebracht und behauptet, sie bei Ihnen gefunden zu haben? Wollte er die Kleidung selbst vernichten? Will er Sie erpressen?"

Brahms schob sich ein größeres Stück Crème Caramel in den Mund, um nicht antworten zu müssen.

„Gut, die Crème war heute vielleicht ein wenig zu kalt", sagte der Kommissar, „aber dieser Geschmack von Eigelb! Und die Soße hatte genau den richtigen Grad von Bitternis. Wunderbar. Probieren Sie beim nächsten Mal die Calamaretti. Ach was, die Spaghetti alla casa sind ganz vorzüglich. Und dann die Ravioli alla zia Rosa mit Pistazien. Was meinen Sie, sollten wir vielleicht doch noch eine winzige Kleinigkeit …"

Brahms' Handy klingelte. Er zog es aus der Tasche. Das Display zeigte einen Anruf von Florian Ritter, dem Schlagzeuger von Noll & Nichtig. Brahms ging zum Telefonieren vor die Tür. Florian fragte, ob Brahms heute als Gitarrist bei der Hausband im Lehmitz einspringen könne. Der vorgesehene Musiker sei gerade mit einer angebrochenen Schulter ins Krankenhaus eingeliefert worden. Brahms dachte daran, dass er Noffi im Wagen hatte, mit ihr noch einen Spaziergang machen wollte und seine Gitarre aus der Wohnung in Eppendorf holen musste. Er würde es kaum vor Beginn des Konzertes um 23 Uhr schaffen. Aber Florian Ritter beruhigte ihn. Das sei schon in Ordnung, meinte Florian. Der Soundcheck erübrige sich, und sie würden nur Songs spielen, die er im Schlaf könnte. Brahms sagte zu. Er ging an den Tresen zurück.

„Ich glaube, ich nehme noch einen Rotwein", sagte Petersen. „Wie ist es mit Ihnen, Brahms?" Der Kommissar neigte sich zu Antonio. „Meinen Sie, es gibt viertel Portionen Calamaretti?"

Antonio nickte. „Für Sie gibt es auch achtel Portionen."

„Warum hat Ulf Winter Sie beauftragt?", fragte Petersen. „Er muss Sie doch für den möglichen Mörder halten. Die Kündigung Ihres Parkplatzes war ja geradezu überdeutlich auf der Leiche dekoriert. Weiß er, wer der Mörder ist? War er es selbst und will mit dem Auftrag von sich ablenken?"

„Was meinen Sie?", fragte Brahms.

„Sie sollen das Geld wiederbeschaffen, bevor die Polizei den Mörder findet. Das aber bedeutet, weder Ulf Winter noch Goly kennen den Täter."

„Obwohl wir beide doch der Meinung sind, der Täter muss aus dem Bekanntenkreis sein. Seltsam, nicht

wahr?" Brahms griff in die Jackentasche, um zu bezahlen.
„Sie können jetzt nicht gehen", sagte Petersen. „Ich brauche einen Mörder. Notfalls verhafte ich Sie."
Antonio schenkte den Rotwein ein. Der Kommissar nahm einen Schluck. „Brahms, was sagt Ihnen Ihre Hundenase? Sie wissen doch, wer der Mörder ist. Wann hat sich Ihnen das Fell gesträubt? Setzen Sie dieses Konglomerat aus Gefühlen, Gerüchen und Instinkt zu einer Person zusammen! Nennen Sie mir Namen."
„Wie kommen Sie darauf, dass ich es weiß?"
„Wie immer lasse ich Sie ein bisschen beobachten. Vorsichtshalber."
„Und?"
„Sie wissen doch, wer es gewesen ist!"
„Ich habe es Ihnen vorhin zu erklären versucht. Ich weiß alles, was ich wissen muss, aber jetzt gilt es, alle Sachverhalte miteinander zu kombinieren. Ich bin sicher, dass einer von ihnen, mit denen ich gesprochen habe, der Täter ist."
„Und wenn Sie plötzlich die Erleuchtung haben – würden Sie mir den Namen zuerst nennen?"
Brahms sortierte seine Geldscheine.
„Schon gut, verstehe." Petersen winkte ab. „Ich übernehme die Rechnung."
Brahms verabschiedete sich. Kaum hatte er die Davidstraße betreten, entdeckte er Daniel Goly, der sich direkt neben dem Eingang an die braunen Kacheln drückte. Ansatzlos schlug Brahms zu.

25

Freitag, 21.45 Uhr

Mit einem Schlag verwandelte sich die Stadt in eine Pizza Capricciosa auf dem Tablett des Flachlandes, belegt mit allem, was die Küche zu bieten hatte. Früchte aus dem Meer und aus fernen Ländern mit Schiffen herbeigeschafft. Vielleicht nur an einigen Stellen ein wenig zu scharf gebacken.

Brahms' Hand schmerzte, er musste Daniel Goly direkt an der Kinnspitze erwischt haben. Aber dessen lautloses Zusammensinken hatte Brahms gut getan. Alles, was ihm zum Glück noch fehlte, war ein Wiedersehen mit der schönen Fremden. Er marschierte die Reeperbahn entlang, aber sie kam ihm nicht entgegen.

Er erreichte seinen Wagen am Rand des Heiligengeistfeldes neben dem Stadion des FC St. Pauli. Noffi hatte ihn bereits erspäht und erwartete ihn ungeduldig. Brahms ließ die Hündin aus dem Wagen und gab ihr Auslauf. Noffi witterte, vielleicht lag für die Hündin noch etwas von der Zuckerwatte, dem Türkischen Honig, dem Hamburger Speck, der Currywurst und den holländischen Pommes Frites in der Luft. Auf dem Heiligengeistfeld hatte vor Kurzem der Hamburger Dom, der Jahrmarkt, stattgefunden.

Die Hündin spürte Brahms' gute Laune, suchte etwas zum Spielen, fand einen kleinen Stock, und Brahms warf ihn ein paar Mal weit von sich. Noffi berechnete die Flugbahn und fing ihn schon in der Luft, brachte ihn schwanzwedelnd zurück, tat so, als wolle sie ihn eigentlich nicht hergeben, um das Spiel zu verlängern. Brahms erklärte Noffi, dass er leider nicht genug Zeit habe. Sie stiegen wieder ins Auto und fuhren am Messegelände vorbei nach Eppendorf.

Im Treppenhaus roch es nach dem frischen Holz seiner neuen Wohnungstür. Das alte Schloss war repariert worden. Auf dem Küchentisch fand Brahms eine Nachricht seiner Nachbarin, dass nächste Woche der Maler kommen würde, um der Tür den Anstrich zu geben.

Nachdem er Noffi einen kleinen Imbiss und frisches Wasser gegeben hatte, kam die Hündin ins Wohnzimmer, stellte sich vor die Polsterlandschaft und legte die Schnauze darauf.

„Nein, nein. Ich weiß, dass es aussieht wie ein riesiger Hundekorb, aber das ist nur für mich", sagte Brahms. „Komm mit." Er bereitete ihr mit einer alten Decke ein Lager im Schlafzimmer vor seinem Bett.

Hanna rief an und wollte ihn engagieren. „Lutz, ich brauche dich hinterm Tresen. Ganz Hamburg feiert in meiner Bar das beginnende Wochenende."

„Kannst du nicht Leona bestellen?" Brahms setzte sich auf seine Polsterlandschaft. Noffi kam und sah ihm beim Telefonieren zu.

„Das hab ich schon. Aber Leona genügt nicht, weil ich nicht bleiben kann. Ich bin verabredet."
„Mit Jürgen?"
Noffi hob die Ohren.
„Woher weißt du das denn?"
„Landhäuser angucken?"
Noffi streckte den Kopf, rülpste leise.
„Du weißt aber auch alles", bestätigte Hanna.
„Das ist mein Job."
Noffi öffnete den Mund, ließ die Zunge heraushängen und hechelte. „Hör auf, alles zu kommentieren", sagte Brahms zu Noffi.
„Mit wem redest du da?", fragte Hanna.
„Noffi ist hier und macht Faxen."
„Du kannst sie mitbringen. Jürgen und ich, wir müssen heute noch an die Schlei in ein Hotel und morgen früh ein Häuschen anschauen, das zum Verkauf steht. Bitte, Brahms, komm."
„Ich fürchte, das Häuschen ist zu nah am Wasser gebaut."
Noffi legte den Kopf schräg, blinzelte.
„Was willst du damit sagen?", fragte Hanna.
„Du und Jürgen …"
„Ja, schon gut, es ist unser letzter Versuch und …"
Noffi schüttelte sich am ganzen Körper.
„Hanna? Das stimmt doch alles nicht, was du da erzählst."
„Gut, ich gestehe es ja, es ist längst aus mit Jürgen. Dieser Idiot, der dachte wohl, weil ich eine Bar am Ham-

burger Berg betreibe, gehöre ich zu den Frauen von der anderen Seite der Reeperbahn."

„Es freut mich, das zu hören."

„Was?" Ihre Stimme wurde dünnes Metall. „Dass ich zu den Prostituierten gehören soll?"

„Nein, ganz im Gegenteil."

Noffi legte sich hin und ließ sich zur Seite fallen.

„Was willst du damit sagen, dass ich ein Eisblock bin?"

„Oh Hanna, du weißt, wie ich es meine."

„Was soll das jetzt wieder bedeuten, dass ich leicht rumzukriegen bin?"

„Nein, Hanna."

Noffi rollte sich auf den Rücken, streckte die Beine nach oben und wollte am Bauch gestreichelt werden.

„Du kommst jetzt sofort her, sonst ist es aus zwischen uns", befahl Hanna.

„Zwischen uns?"

„Stimmt. Mist. Zwischen uns ist ja gar nichts. Warum eigentlich nicht? Brahms, heirate mich! Befreie mich endgültig von den Nachstellungen von Kerlen wie diesem Jürgen Mistral."

„Hanna!" Brahms streckte seine Hand aus, fuhr über Noffis Bauch.

„Weißt du, was er wollte? Mein Geld. Ich sollte in ein Bauprojekt investieren und das Gebäude dann pachten."

„Lass mich raten: zweihundertundfünfzigtausend Euro."

„Du weißt wirklich alles."

„Wenn mich meine Ahnungen nicht trügen, ist Jürgen Mistral für ein paar Tage verreist."

„Stimmt auch.“
„Alles nur, damit er nicht in Zusammenhang mit dem Tod Winters gebracht wird. Er spielte mit ihm Doppelkopf, einmal in der Woche im Kalenbach. Und das Projekt, in das du investieren solltest, war Winters Hotel.“
„Brahms, du bist mir unheimlich. Komm her und erzähl mir den Rest.“
„Ich kann nicht.“
Brahms hatte aufgehört, Noffi zu streicheln. Die Hündin streckte sich, brummte, wollte mehr.
„Hör mal, Brahms“, sie senkte ihre Stimme, „tu es Leona zuliebe. Sie hat mich gedrängt, dich anzurufen. Sie will mit dir zusammen hinterm Tresen stehen. Das Mädchen ist hoffnungslos verliebt in dich. Das war der ganze Grund meines Anrufs. Kannst du mir mal sagen, warum sich die attraktivsten Mädchen in dich verlieben?“
„Du willst mir mitteilen, dass ich aussehe wie ein rasierter Hund?“
Noffi kam hoch, legte ihre Schnauze auf Brahms’ Knie.
„Das hast du gesagt“, sagte Hanna.
„Richte Leona aus, ich kann nicht kommen. Ich habe versprochen, heute im Lehmitz zu spielen.“
„Und morgen?“
„Morgen könnte es klappen.“
Er hörte Hanna im Hintergrund mit jemandem reden. Dann kam sie zurück. „Alles klar, Brahms. Bis morgen.“
Er legte auf, holte seine Gitarre aus der Hülle, schloss sie im Wohnzimmer an einen kleinen Verstärker und

stimmte die Saiten. Noffi waren die Töne zu viel. Sie verzog sich ins Schlafzimmer. Brahms sah auf seine Uhr. Er hatte noch zehn Minuten, um sich zu entspannen, dann musste er wieder los. Er kroch in seine Polstermulde und schloss die Augen.
Er erwachte von dem Traum, dass Daniel Goly ihm einen kalten nassen Lappen gegen die Nase drückte. Er öffnete die Augen. Er lag mit Noffi Nase an Nase. Er fuhr hoch, scheuchte die Hündin von den Polstern, war ihr aber nicht böse, sie hatte ihn gerade noch rechtzeitig geweckt. Es war zehn vor elf. Er rief die Taxizentrale an, packte die Gitarre in den Koffer und ging auf die Straße. Ein Wagen fuhr vor. Daniel Goly saß am Steuer. Brahms duckte sich hinter die parkenden Autos. Im gleichen Moment hielt eine Taxe hinter Goly. Brahms schlich gebückt bis zum Wagen und stieg ein. Er zog seine Gitarre auf den Schoß.
„Schaffen Sie es in zehn Minuten zum Lehmitz?“
„Sicher.“
Der Fahrer fuhr an, überholte Golys grünen Mercedes.
„Und können Sie den Verfolger abhängen?“ Brahms wies mit dem Daumen nach hinten.
„Was zahlen Sie?“
„Zwanzig extra.“
„An der nächsten Ampel sind wir ihn los. Es sei denn, er fährt bei Rot.“

26

Freitag, 23.05 Uhr

Thoralf Wellmann kam ihm aus dem Lehmitz entgegen. Er hatte auf Brahms gewartet.
„Was gibt's, Watson?“
„Ich war bei dem Arzt.“
„Welchem Arzt?“
„Der vom Doppelkopfspiel. Anton Czech. Ich hatte mir eine tolle Krankheit herausgesucht. Mitralklappen-Prolaps.“
„Was ist das?“
„Hört sich toll an, was? Ist bloß ein gelegentliches Herzstolpern. Absolut harmlos. Aber mit hohem Prestige.“
„Und was sagt der Arzt dazu?“
„Er ist Tierarzt. Wusstest du das?“
Brahms lächelte. „Alles umsonst.“
„Ja, er wusste schon von Winters Tod, er war sauer auf ihn.“
„Hab ich dir doch gesagt. Mistral hat alle angerufen. Damit sie schweigen.“
„Ha, ich bin ja nicht blöd. Ich stellte mich als Geschädigter Winters vor. Da hat er geplaudert. Er hat Winter alle drei Monate Geld gegeben, immer bei ihren

Doppelkopfabenden, damit sollte er für ihn ein Haus in Portugal abzahlen. Aber das Geld ist dort nie angekommen. Das hatte er gerade in dieser Woche festgestellt."
„Und dann ist er gestern losgegangen und hat Winter umgebracht."
„Würde gut passen, was? Aber dann hätte er mir die Geschichte seiner verlorenen Investition kaum erzählt."
„Vielleicht gerade, weil er weiß, wenn er sich bewusst verdächtig macht, macht er sich unverdächtig."
Thoralf hob die Hand. „Ich gehe in Hannas Bar. Hier wird es mir jetzt zu laut."
Brahms betrat das Lehmitz. Der Tresen schlängelte sich in Form eines großen S durch den Raum, verteilte die Trinker gleichmäßig und brachte sie als gegenüber sitzend einander näher. Die Bar war ein Raum der Sozialkontakte und zugleich, wie es bei Luis Buñuel hieß, eine Schule der Einsamkeit.
Zwei Mädchen bedienten die lange Strecke. Ihre schwarzen Haare waren zu Stacheln zusammengeklebt und stachen in die Luft. Piercings an Nase, Mund, Augenbrauen. Nackte, tätowierte Arme. Hinten rechts auf dem kleinen Podest schraubte Florian Ritter an seinem Schlagzeug.
Jan Andree, der Bassist, kam auf Brahms zu. Er reichte ihm einen Zettel. Die Stücke, die sie spielen wollten.
„Kennst du doch alle."
Brahms nickte.

„Du schleppst dich voran, wir schleichen hinterher. Florian und ich singen, es sei denn, du willst auch. Behalte uns im Auge. Lass mir ab und zu ein bisschen Raum für ein paar schöne Bassfiguren."

Brahms packte seine Gitarre aus, stöpselte sie ein und korrigierte den Ton. Es wurde von ihm erwartet, dass er vor dem Podest, am besten zwischen den Tresen spielte. Eine der Bedienungen kam auf Brahms zu. Auf ihrem Top stand: Der Spießer definiert sich dadurch, dass er alles ablehnt und denunziert, was nicht so ist wie er selbst.

„Was trinkst du?", fragte sie.

„Bier." Aus der Nähe sah er, dass die Piercings nicht echt waren. Der Ring an Nase und Lippe war nur eine Klammer.

„Du kennst doch auch den Winter." Sie holte die Nachtausgabe der Morgenpost unter dem Tisch hervor.

„Pornokönig ermordet!", lautete die Schlagzeile.

„Und ich hab mich schon gewundert, dass sein Bruder von mir ein Alibi haben wollte", sagte sie.

„Ehrlich? Woher kennst du den denn?"

„Aus dem Sportstudio. Ich mach dreimal in der Woche Training." Sie hob die Faust, ließ ihren Bizeps anschwellen. Der Kopf eines tätowierten Wolfs zog sich in die Breite.

„Sind die Tattoos echt?"

„Blöde Frage." Sie hob das Hemd. Auf ihrem Bauch saß ein fauchender Leopard.

„Ich meine nur, wegen der Piercings."
„Ich hab noch einen anderen Job, da gehen die Dinger nicht. Und über die Tattoos zieh ich eine Bluse."
„Was machst du denn sonst?"
„Ich arbeite vormittags in der Bäckerei am Eppendorfer Weg." Sie grinste.
Brahms schlug sich gegen die Stirn. „Richtig, die ist gleich bei mir. Ich wusste, dass ich dich kenne."
„Ich bin Katia Wolf."
„Ah, deshalb." Brahms tippte auf das Wolfstattoo.
„Ich kann auch Gitarre spielen. Ich bin in einer Mädchenband, wir sind schon im Knust aufgetreten. Und Winter wollte immer eine Tournee für uns organisieren." Sie lachte laut. „Bedingung, wir sollten nackt auftreten."
„Und wieso will Ulf Winter ein Alibi von dir?"
„Weil er doch gestern im Sportstudio war, und ich auch."
„Und?"
„Was weiß ich, wann der gekommen und gegangen ist? Sonst kam immer Ralf, diesmal nicht. Komisch. Ralf fand ich auch netter."
Florin Ritter gab ein kurzes Solo auf seinem Schlagzeug und nickte Brahms zu. Brahms stellte sich eine Bierkiste bereit, um auf den Tresen springen zu können.
Sie begannen mit Jimy Hendrix' *Hey Joe*. Es trieb die Leute in die Bar. Florian sang, und Brahms sprang beim ersten längeren Solo auf den Tresen, ging in die Knie und lehnte sich weit zurück. Mit seinen Tönen

versuchte er, den Zuhörern die Ohren von den Köpfen zu schneiden.
Brahms sprang wieder vom Tresen. Zu Elvis Presleys *Hound Dog* bewegte er sich hinterm Tresen entlang. Katia Wolf tanzte mit erhobenen Armen und vorgestrecktem Bauch vor ihm her. Brahms dachte an die Brotlaibe, die sie vormittags über den Tresen schob. Der Leopard wurde sichtbar, blinzelte ihm zu. Brahms ging zur Band zurück. Sie spielten Otis Reddings *Pain in my Heart*.
Das Lehmitz nahm keinen Eintritt, und immer mehr Gäste drängten herein, eine Mischung quer aus allen Stadtteilen und sozialen Schichten. Ein Penner schlief mit dem Kopf auf dem Tresen. Weiter hinten am Eingang standen Touristen. Von einem braven Musical gegenüber ausgestoßen in die wirkliche Welt. Mit Staunen und leichtem Widerwillen standen sie da. Eben noch ruhten ihre Augen auf einer rosaglitzernden Kulisse, und mit einem Mal war alles klebrig. Sie schwankten, wussten nicht, ob sie bleiben oder der Verlockung eines kleinen Schokoladenstücks auf dem Kopfkissen ihres Hotelbettes nachgehen sollten.
Draußen vor der Kneipe riss der Strom der Passanten nicht ab. Und zwischen all den Gesichtern, die auf den roten und grünen Lichtern schwammen, entdeckte Brahms plötzlich das Gesicht der Fremden mit der vorgestreckten Nase. Nur einen winzigen Moment zweifelte er, weil das Haar gestern noch dem Fell eines Deutschen Schäferhundes ähnelte, und heute dem eines Golden Retrievers.

27

Freitag, 23.35 Uhr

Seine Gitarre gab, während er den Gurt ausklinkte und sie fallen ließ, einen Ton von sich, wie er ihn noch nie erzeugt hatte. Einen Schrei. Jubel und Qual.
„Bin gleich wieder zurück."
Er schwamm mit vorgestreckten Armen durch die Zuhörer dem Ausgang zu. Draußen stellte sich ihm jemand in einem weißen Anzug in den Weg, die Arme wie Flügel angehoben.
„He, Brahms."
Er sah nicht auf, schwenkte um den Mann herum, sprang durch eine sich plötzlich öffnende Lücke im Passantenstrom auf die Straße. Ein Autofahrer hämmerte auf die Hupe. In weiten Schritten lief er am Rand der Fahrbahn die Reeperbahn hinab, sprang bei jedem dritten Schritt in die Höhe. Sortierte blitzschnell die Köpfe nach hellem und dunklem Haar. Dann entdeckte er sie. Er lief weiter, überholte sie und drehte sich, um ihr von vorn entgegenzukommen. Langsam. Er beruhigte seinen Atem.
Aber was, wenn sie ihn nicht erkannte? Der Gedanke, dass alles mit der einzigen Begegnung für sie vorbei gewesen sein könnte, wirkte wie ein Faustschlag in den Magen. Er krümmte sich. Bis jetzt war sie eine Fanta-

siegestalt. Was, wenn sie ihm nicht mehr gefiel? Noch konnte er zurück, alles als Traum belassen. Die Sehnsucht war der Hunger, die Erfüllung der Überdruss. Schweben oder auf dem Boden kriechen. Ein Leben lang stemmte man sich in die Höhe, am Ende gewann immer die Schwerkraft. Bis dahin aber ...

Sie blickte an ihm vorbei, sah nach unten und ging schneller als alle anderen, suchte die Lücke. Er stellte sich ihr mitten in den Weg. Sie sah nicht auf, wollte nach rechts ausweichen.

„Nein“, sagte er. „Bitte bleib stehen.“

Ihre Haut war weiß geworden, sie hatte rote Flecken und Schatten unter den Augen bekommen. Das Haar gelb, fast orange. Sie war um vier, fünf Jahre gealtert. Auch ihre Kleidung war vollkommen anders als einen Tag zuvor. Helle blaue Jeans und passende Jacke, darunter ein hellgraues Hemd. Weiße Tennisschuhe. Hätte sie sich noch mehr verwandelt, er hätte sie trotzdem am schwachen Duft des Heus erkannt. Last Summer. Last evening. Kein Zweifel.

Sie hob den Kopf, tauchte kurz an die Oberfläche eines tiefen Gedankens, der kleine Wellen auf den Strand ihrer Stirn warf. Die Lippen nach innen gezogen. Die Nase lang und groß zeigte immer noch die Richtung an, forderte Geschwindigkeit. An ihm vorbei.

„Bitte“, sagte er. Es war die Bitte, erkannt zu werden.

Langsam erwachten ihre Lippen, wölbten sich nach außen, gaben den Blick auf zwei Zähne mit einer Lücke frei, zogen sich an einer Seite in die Höhe.

„Du erinnerst dich doch?“ Brahms legte den Kopf schräg.
Sie hob den Kopf, drehte ihn, betrachtete ihn aus den Augenwinkeln. Das Lächeln eroberte mit etwas Spott ihr gesamtes Gesicht.
„Eine Welt aus Wörtern kann niemals wahr sein“, sagte sie und nickte.
„Du darfst jetzt nicht wieder weglaufen. Das geht auf keinen Fall.“
„Und wenn ich keine Zeit habe? Mein Auftritt in der Erotik-Show da vorn. Meine Schicht beginnt. Mein Mann wartet an der nächsten Ecke. Mein Zug fährt gleich. Was dann?“ Sie senkte den Kopf, betrachtete ihn unter ihren Augenbrauen hindurch.
„So geht es mir auch. Ich hab gerade einen Auftritt mit einer Band, du bist eben daran vorbeigegangen. Und die Band hält so lange den Ton an, ich muss zurück.“
Sie lächelte. Ein Schwindel erfasste ihn. „Es kann sein, dass ich gleich ohnmächtig werde“, sagte er. „Du weißt, was dann zu tun ist. Du musst mich mit Mund-zu-Mund-Beatmung zurückholen.“
Sie hob den Kopf, fasste ihn an seinen Ohren und küsste ihn. Dann ließ sie kurz von ihm ab, ohne seinen Kopf loszulassen. „Etwa so?“
Er hatte keine Zeit zu einer Antwort, sie küsste ihn sofort wieder. Brahms schloss die Augen, und sie hielt ihn an den Ohren fest, damit er nicht fiel. Wenn er die Augen öffnete, würde er wieder in Hannas Bar sein. Alles genau wie gestern Abend. Die Zeit dazwischen

war nur ein Traum gewesen. Jetzt würde sich die Wirklichkeit fortsetzen, die gestern begonnen hatte. Es würde ab jetzt keine andere Welt mehr geben als jene, die mit ihr und durch sie existierte.
Und plötzlich hatte er eine andere Vision. Wenn er die Augen öffnete, waren nur noch Trümmer um ihn herum. Nicht nur Winter lag in seinem Blut, alle waren tot, und sie beide die letzten Überlebenden. Kein Ausweg, keine Chance, die Welt zerfiel, der Planet bröckelte. Die Erde war doch nur eine dünne Scheibe gewesen, die zerbrach, sich auflöste. Er wagte nicht, die Augen zu öffnen.

28

Freitag, 23.40 Uhr

„Du musst bei mir bleiben, bitte. Ich muss noch ein paar Stücke spielen, dann habe ich eine längere Pause."
Er zog sie mit sich. Der Strom der Passanten teilte sich. Aus dem Lehmitz tönte *Tattoo'd Lady* von Rory Gallagher. Sie drängten nach vorn. Katia Wolf hatte Brahms' Gitarre ergriffen, stand mit dem Rücken zum Publikum und sah Florian Ritter an, der den Titel sang und Zeichen für ihren Einsatz gab. Am Ende des Stücks sah sie sich um, entdeckte Brahms, hob die Gitarre über den Kopf und reichte sie ihm.
Das letzte Stück vor der Pause war *Is this what they called the Blues* von Julian Sas. Brahms spielte das Eingangssolo zu schnell und wie einen Jubel. Florian presste die Lippen zusammen, verschleppte den Rhythmus, um Brahms zu mäßigen. Für einen Augenblick passte nichts zusammen. Brahms ließ die Gitarre wieder heulen und Florian sang. Jan Andree rührte den Bass wie zähen Teig in einer dunklen Tonne.
Brahms suchte die Fremde. Noch immer kannte er ihren Namen nicht. Er entdeckte sie in der Ecke links von der Tür, dicht an die Mauer gepresst. Sie verweigerte sich dem Licht. Mit einem Blick war sie bei ihm,

mit dem nächsten beobachtete sie die Hereinkommenden. Jetzt stand der Mann im weißen Anzug in der Tür, der vorhin versuchte hatte, Brahms mit ausgebreiteten Armen aufzuhalten. Es war Julian Breuer, der Boutique-Besitzer. Er blieb am Eingang und hob beide Hände, winkte ihm. Brahms nickte. Die Fremde folgte seinem Blick und drückte sich noch weiter in die Ecke. Florian dehnte das Stück, forderte Brahms zu einem zusätzlichen Solo auf. Julian Breuer versuchte mehrmals, weiter nach vorn zu kommen, schreckte aber immer vor den Besuchern zurück und nutzte Lücken nicht, die zwischen ihnen entstanden. Berührungsängste. Brahms begriff, dass Breuers weißer Anzug bereits eine Rüstung war, etwas, mit dem er Distanz zwischen sich und anderen herstellte.

Endlich war das Stück zu Ende, und Florian kündigte eine Pause von zehn Minuten an. Brahms drängte sich zu der Fremden durch. Er griff nach ihren Händen.

„Ich kann hier nicht bleiben“, sagte sie, ohne mit dem Blick bei ihm zu sein. Ihre Augen irrten im Publikum umher. Sie machte sich klein, versteckte sich hinter ihm.

„Wir spielen etwa bis halb zwei. Wie sehe ich dich wieder? Ich weiß nicht einmal deinen Namen.“

Ihr Blick kam zu ihm. „Das ist alles nicht wirklich gut, was ich hier mache. Ich sollte verschwinden, und du solltest keine Erinnerung an mich haben.“

„Keine Erinnerung? Du bist gut. Wenn ich jemanden mein Leben lang nicht mehr vergesse, bist du es.“ Er zog eine Visitenkarte aus der hinteren Hosentasche, es

war eine von den Firmenkarten, die ihm sein Vater hatte drucken lassen.
„Ich bin Lutz."
„Geraldine."
„Wenn du jetzt gehst, wie sehe ich dich wieder?"
Ihre Augen trafen ihn, rissen eine Wunde in seine Brust. Er spürte, wie sein Bewusstsein schwand. Um sich zu retten, wich er ihrem Blick aus und betrachtete ihre Schläfe, von dort wanderte er zu ihrem Hals, aber der Samt ihrer Haut, die Transparenz ihrer Ohren, der sich dehnende Hals raubten ihm den Atem. Sie hatte ihre Jacke und Bluse etwas geöffnet. Brahms knickten die Knie ein, er stöhnte. Sie griff ihm unter die Arme, hielt ihn fest, gab ihm einen Kuss. „Halb zwei, sagst du?"
Er nickte.
„Dann treffen wir uns danach in dieser … Bar da hinten."
„Wie gestern."
„Ja."
Julian Breuer gelang es jetzt, ohne jemanden zu berühren zu ihnen durchzukommen. Viele Zuhörer waren zum Rauchen hinausgegangen. „He, Brahms, ich wusste nicht, dass du Musiker bist."
„Ich muss jetzt sofort los." Geraldine drehte ihren Kopf zur Wand.
„Das ist ja ganz großartige Musik", brüllte Breuer. „Nicht mein Fall, aber ganz großartig."
Geraldine löste sich von Brahms, duckte sich.

„He, kennen wir uns nicht?“, fragte Breuer.
Geraldine blickte nur aus den Augenwinkeln zu ihm. „Glaube ich nicht.“
„Doch, ich weiß nur nicht, woher.“
Geraldine drehte sich von ihm weg, Brahms hielt sie noch mit einer Hand. „Bis nachher.“
„Sicher.“ Sie schlängelte sich geradezu aus der Kneipe, wie ein Basketballspieler, der seine Gegner umrundet und unter ihnen hindurchtaucht.
„Du hättest mir das schöne Kind vorstellen sollen“, sagte Breuer.
„Du kannst damit doch sowieso nichts anfangen.“
„Hast du auch wieder recht. Aber ich kenne die Dame.“
„Woher?“
„Ich glaube aus Portugal.“
„Vielleicht warst du mal verlobt mit ihr?“
Breuer lachte, er roch stark nach jener Wellpappe, die aus Altpapier gemacht wird. In der die Ratten Nester bauen, bevor sie dann mitsamt ihrer Brut von den Papiermaschinen zerkleinert werden.
„Hast du das mit Winter gehört?“
Brahms nickte.
„Schöne Scheiße, was? Gerade jetzt, wo er weg wollte.“
„Wohin?“
„Mit mir nach Portugal, und dann wollte er weitersehen. Südamerika, glaube ich.“
„Für immer, nicht wahr?“
Breuer hob die Schultern.

29

Samstag, 1.45 Uhr

In Hannas Bar standen die Gäste selbst weit nach Mitternacht noch in der zweiten und dritten Reihe vorm Tresen. Hanna und Leona bedienten, sie hatten kaum Zeit aufzublicken. Unter den Gästen Ulf Winter und Thoralf Wellmann. Nur Geraldine war nicht dabei. Brahms reichte seinen Gitarrenkoffer über die Köpfe zu Hanna. Sie brachte ihn in die Küche. Ulf holte sich gerade vom Tresen ein neues Bier. „Wie weit bist du?"
„Ist schwierig. Stimmt es, dass du der Besitzer des Ladens bist?" Brahms sah an Ulf vorbei, betrachtete alle Gäste. Vielleicht hatte sich Geraldine wieder verwandelt. Dann entdeckte er Daniel Goly, er saß mit dem Rücken zu ihm an einem Tisch.
Ulf nickte. „Habe ich Ralf abgekauft, ist aber noch nicht eingetragen. Kaufpreis ein Euro." Er lachte. „Und unter Brüdern fünfzehn Jahre lang jeden Monat eine bestimmte Summe."
„Er wollte sich also wirklich absetzen."
„Er wollte was anderes machen."
„Das Hotel?"
Ulf hob die Schultern. „Möglich. Keine Ahnung. Er hatte immer Sachen am Laufen, von denen ich nichts wusste."

Ulf deutete zu dem Tisch, an dem Goly saß. „Komm mit."
„Nein", sagte Brahms. „Glaubt Goly immer noch, ich stecke dahinter?"
Ulf nickte. „Er wollte mit dir sprechen. Er hat was Wichtiges."
Die Bar leerte sich etwas. Eine Gästegruppe verabredete sich in einer Bar am Fischmarkt. Hanna drehte ein Musikstück lauter und tanzte mit Leona hinterm Tresen. Sie bewegten sich parallel mit vorgestreckten Bäuchen, hoben die Hände. Fast ein Bauchtanz.
Brahms spürte plötzlich einen heißen Atem im Nacken. Daniel Goly stand hinter ihm. „Du solltest wissen, dass ich etwas habe, was dich als Täter überführt. Zufällig hab ich es in deinem Auto gefunden."
„Du solltest wissen, dass du nicht mehr besitzt, was mich angeblich als Täter überführt. Die Polizei hat es bei dir gefunden, und damit bist du zum Täter geworden."
Goly runzelte die Stirn bis zum Haaransatz des rasierten Schädels, dahinter blieb es glatt. Ein paar rote Flecken bildeten sich, und eine alte Narbe neben der Wange begann zu glühen.
„Tut mir leid", sagte Brahms. Er legte eine größere Entfernung zwischen sich und Goly, um möglichen Faustschlägen auszuweichen. „Aber ich wusste, dass du die Jacke geklaut hast, und hab es der Polizei gesteckt."
„Ich … verdammt." Golys Fäuste zuckten, dann grinste er. „Mir passt die Jacke gar nicht. Die ist viel zu klein." Er schrie es fast.

„Na, du hast es wenigstens versucht.“
In diesem Augenblick sah Brahms Geraldine. Sie stand draußen zwischen den parkenden Autos, lehnte an der Fahrertür eines Transporters. Möglicherweise stand sie dort schon länger. Sie bewegte den Kopf. Er sollte herauskommen.
„Bin gleich wieder da“, sagte Brahms. Er verließ die Bar, aber Geraldine stand nicht mehr an ihrem Platz. Er entdeckte sie vor dem Eingang einer anderen Kneipe.
„Ich kann da nicht rein“, sagte sie. Sie wich ihm aus. „Da drinnen sind ein paar Leute, die mich nicht sehen sollten.“
Er versuchte, ihre Hände zu greifen.
Sie gab sie ihm nicht.
„Bitte, Geraldine, ich ... ich kann nicht in deiner Nähe sein, ohne dich zu berühren.“
Sie lächelte, tippte ihm mit ihrem Finger aus Heu auf die Nase. „Lass uns woanders hingehen.“
„Zurück zum letzten Sommer.“
„Schön, wenn das möglich wäre ... Woher kennst du das Parfum?“
„Last Summer. Es war schwierig, es herausfinden.“ Er fuhr mit den Fingerkuppen an ihrer Schläfe entlang bis zum Hals.
„Komm, ich kann hier nicht bleiben.“
„Wo wohnst du?“
„In einem Hotel in St. Georg.“
„In einem Hotel?

„Am Anfang der Langen Reihe.“
„Woher kommst du?“
„Aus dem Süden. Ich bin mit einer Freundin nach Hamburg gefahren.“
„Nur zu Besuch!“
Sie umarmte ihn, legte ihren Kopf auf seiner Schulter ab und stöhnte. „Nächste Woche fahren wir zurück.“
Brahms schaltete sein Gehirn aus. Keine Fragen mehr. Sie küssten sich. Sie küssten sich auf dem Weg zum Taxistand, im Taxi, beim Bezahlen des Taxifahrers, nach dem Aussteigen im Eppendorfer Weg, auf dem Weg ins Haus, im Flur, vor seiner Wohnungstür, beim Aufschließen. Dann beugten sich beide zu Noffi hinab. Brahms stellte die Hündin und Geraldine einander vor. Noffi schnüffelte an Geraldine, jaulte einmal, kam dann zu Brahms zurück. Brahms ging in die Knie, und Noffi presste sich an Brahms, drückte seine Schnauze gegen seinen Hals, zitterte leicht.
„Nein“, sagte Brahms. „Du hast unrecht.“
„Du sprichst mit Hunden?“, fragte Geraldine. „Was sagt sie?“
„Sie sagt, dass du gefährlich bist.“

30

Samstag, 9.00 Uhr

Brahms wurde von der Schwerkraft in die Kissen gedrückt. Doch der Signalton des Telefons setzte die Luft in Bewegung, schlug Wellen. Ich bin auf einem Schiff, dachte Brahms, ohne die Augen zu öffnen. Immer stärker, größer wurden die Wellen. Brahms richtete sich auf und setzte sich auf den schwankenden Bettrand. Er war in seinem Schlafzimmer. Der Hall des Signals zeigte an, dass er allein in der Wohnung war. Er langte nach dem Telefon und brummte hinein, hoffte, der Anrufer würde es für eine technische Störung halten und wieder auflegen. Aber Kommissar Petersen kannte Brahms gut genug.
„Brahms, hören Sie, Sie müssen mir den Penner zeigen, der Ihnen die Jacke verkauft hat. Wann können wir uns sehen?“
„Warum?“
„Es gibt einen Haufen verwertbares Material für die Gentechniker. Damit wir nicht aus allem einen neuen Menschen wie Frankenstein zusammensetzen, wäre es gut zu wissen, wer die Jacke alles anprobiert hat. Wussten Sie, dass es eine Damenjacke ist?“
„Ja, passt aber auch dünnen jungen Männern. Wie wär’s in zwei, drei Stunden, wir könnten uns gleich

beim Bismarckdenkmal treffen, in der Hoffnung, dass der Verkäufer noch in der Nähe ist."

Sie verabredeten sich für zwölf Uhr. Brahms erhob sich, stand einen Augenblick im Raum, ohne zu wissen, was er tun sollte. Er hörte ein Brummen Noffis und verließ das Schlafzimmer. Noffi lag flach an die Ausgangstür gepresst, als wolle sie niemanden mehr hereinlassen.

„Okay, ich weiß Bescheid", sagte Brahms. Er erinnerte sich, dass er mit Geraldine und Noffi noch in der Nacht um den Block gegangen war. „Hast du sie verscheucht?", fragte Brahms. „Wann ist sie gegangen?"

Noffi antwortete nicht.

Brahms beugte sich herab. „Liebe Nofretete, ist es auch wirklich keine Eifersucht?"

Noffi hob den Kopf, rümpfte die Nase über so viel Fehleinschätzung. Brahms tappte in die Küche und fand den Zettel auf dem Tisch:

„Ich kann nicht bleiben. Es ist alles vollkommen unmöglich. Warum haben wir uns nicht früher getroffen?"

Dann folgte ein Herz mit einem verschnörkelten G.

Brahms wählte Thoralfs Nummer. Ein längerer Hustenanfall meldete sich am anderen Ende, dann sagte Thoralf: „Wer auch immer um diese Zeit anruft, muss einen verdammt guten Grund haben."

„Ich will wissen, wie die Freundin deiner Schwester heißt."

„Brahms, du Idiot, ich stehe nie vor zehn Uhr auf, und ich fange auch vorher nicht an, mich an irgendetwas zu erinnern."

„Wie heißt sie?“
„Sie nennt sie Dini, aber sie heißt …“
„Geraldine?“
„Genau. Gute Nacht.“
Brahms legte auf, ging ins Bad. Erneut klingelte das Telefon. „Was willst du damit sagen?“, brüllte Thoralf.
„Das, was du schon ahnst.“
„Es ist die Fremde, in die du dich Hals über Kopf verliebt hast? Oh Gott, das gibt Komplikationen.“
„Wieso?“
„Wer behauptet immer, er sei eine Art Hund, mit allen dazugehörigen Instinkten?“
„Ich bin der Gott der Hunde.“
„Auch bloß ein Köter.“

31

Samstag, 10.10 Uhr

Die Rezeption des Hotels befand sich im ersten Stock. Brahms wusste, er würde den Nachnamen Geraldines nicht erfahren. Er überreichte dem Mädchen hinter dem Tresen den vorbereiteten Umschlag, sagte, er wisse leider nur den Vornamen, aber es wäre sehr nett, wenn sie die Nachricht weiterleiten und nach Möglichkeit den Gast telefonisch informieren könne.
Sie versprach es, tat aber nichts, sondern wartete, dass er wieder ging. Sie wollte nicht, dass er sah, in welches Schlüsselfach sie die Nachricht legte. Er ging die Lange Reihe hinunter, ließ sich Zeit. Er betrachtete die Schaufenster der vielen kleinen Geschäfte. Gemüsehändler, Modeläden, Geschenkeshops, asiatische Lebensmittelläden, Cafés, Restaurants, ein Blumenladen, Bäckereien und Bars speziell für die in diesem Viertel wohnende homosexuelle Klientel. Eine der Gruppen, die dieser Straße ihre Regenbogenfarben gab. Eine Straße, in der die alles egalisierenden Filialisten noch nicht über den individuellen Händler triumphierten.
Im Café Gnosa war der kleine Tisch neben dem Eingang direkt am Fenster frei. Das Café hatte überwie-

gend schwule Gäste, es besaß einen guten Ruf weit über diese Kreise hinaus.
Es dauerte kaum mehr als zehn Minuten, und Geraldine traf ein. Ganz in Schwarz. Er stand auf und küsste den Kopf, der aus dem schwarzen Rollkragenpullover herauswuchs.
„Ich weiß, wer du bist“, sagte sie.
„Und ich weiß, wer du bist“, sagte er. „Frühstück?“
„Nur Kaffee.“ Sie setzte sich.
„Ich will, dass du bei mir bleibst, aber du musst verschwinden, so schnell wie möglich“, sagte er.
Sie nickte. „Uta ist heute Nachmittag noch bei ihren Eltern, und gleich morgen früh fahren wir zurück.“
„Es könnte zu spät sein.“
Der Kellner brachte ihr ein Schale Milchkaffee. Sie nahm einen kleinen Schluck. „Du weißt alles, nicht wahr.“
„Seit wann arbeitest du für Winter?“
„Schon lange. Aber ich bin nur der Kurier. Ich hole regelmäßig das Geld ab und bringe es ins Ausland, das ist alles, wirklich.“ Sie beugte sich über die Kaffeeschale, als suche sie darin ein Versteck.
Brahms streckte seine Hand aus, berührte sie an der Wange. Sie blickte auf, versuchte zu lächeln, aber alles in ihrem Gesicht sträubte sich dagegen. Augen und Mund fanden keinen Halt, fielen herab.
„Ich weiß, es war ein Unglücksfall“, sagte Brahms.
Es beruhigte sie nicht. Sie kaute auf der Unterlippe.
„Es sollte wie ein Überfall aussehen, nicht wahr?“

Sie nickte. „Warum hab ich mich bloß darauf eingelassen."
„Ralf Winter zertrümmerte die Vase", fuhr Brahms fort. „Das Geld hatte er bereits in eine Bauchtasche verpackt?"
Sie nickte.
„Und dann verlangte er von dir, du sollst ihn mit dem Messer verletzen. Einen Stich in den Arm, nehme ich an. Du weigerst dich, stößt ihn zurück. Er fällt und schlägt sich an der Tischkante den Schädel ein. War es so?"
„Dieser Idiot, das mit dem Messer war nicht abgesprochen. Er wollte, dass ich ihn in die Schulter steche. So was kann ich doch gar nicht."
„Und nun ist es plötzlich Raubmord."
„Was soll ich denn machen?" Sie griff nach seinen Händen. „Ich muss hier raus."
Brahms ging zum Tresen und zahlte. Sie gingen hinunter zur Alster, überquerten die vierspurige Straße. Geraldine zögerte in der Mitte des Autostroms, als wäre das eine Möglichkeit für ein schnelles Ende. Er zog sie weiter. Sie gingen über die Rasenfläche an den Rand des Wassers. Glatt wie eine Eisfläche. Trügerisch. Es roch nach tiefem Moor. Das Stadtpanorama wie Gefängnismauern und Wachtürme. Und kein Weg hinaus. Sie hob die Fußspitze, um damit die Wasseroberfläche zu berühren und vielleicht einen ersten Schritt in die Tiefe zu machen. Eine kaum sichtbare Welle schleppte sich ihr entgegen, nippte am Schuh und zog Kreise.

Brahms umarmte Geraldine. Sie küssten sich. Etwas salzige Flüssigkeit lief ihnen zwischen die Lippen.
„Brahms, warum ich, warum du?"
Er legte den Kopf zurück, um sie zu betrachten. „Was hast du für eine schöne Nase."
Es gelang ihr ein Lächeln. Sie schüttelte den Kopf.
„Du musst verschwinden, so schnell du nur kannst", sagte er, ohne sie anzublicken. „So weit weg, wie du nur kannst. Sofort. Warte nicht bis morgen. Geh jetzt! Sofort!"

32

Samstag, 12.06 Uhr

„Was halten Sie von diesem Koloss?“, fragte Petersen. Er wies zu dem aus dunklem Granit zusammengesetzten Bismarck hinauf. „Es muss mal eine Zeit gegeben haben, in der die Städte und Gemeinden um das größte Bismarckdenkmal gewetteifert haben.“
Brahms hob entschuldigend die Arme halb in die Höhe. Der Kommissar sah auf seine Armbanduhr.
„Tut mir leid“, sagte Brahms. „Ich bin zu spät.“
„Ich bin schon dreimal rum“, sagte der Kommissar. „Ein Denkmal wie eine Festung.“
Sie gingen hinunter auf die Helgoländer Allee.
„Brahms, nun erzählen Sie schon, was los ist.“
„Ich höre auf mit den Ermittlungen. Ich will das nicht mehr machen. Schluss damit.“
„Gerade wollte ich Sie meiner Behörde als freien Mitarbeiter empfehlen. Wir würden Sie zu bestimmten Fällen heranziehen. Zu den üblichen Honorarsätzen natürlich.“
„Welche Fälle?“
„Wenn wir einen Hund brauchen, der sprechen kann.“ Er lachte laut, dann sah er in Brahms’ Gesicht. „Verdammt Brahms, was ist los? Sie sehen krank aus.“

Brahms nickte nur. Sie gelangten unter die Straßenbrücke, aber auf den seitlichen Podesten lagerten keine Obdachlosen.
„Was nun?"
„Das Café mit Herz", schlug Brahms vor, „oben auf dem ehemaligen Krankenhausgelände. Eine Einrichtung für Obdachlose." Sie gingen hinunter bis zur Hafenstraße und stiegen dann die Treppe zum Hotel Hafen Hamburg hinauf. Petersen begann zu schwitzen, blieb auf halber Höhe stehen.
„Brahms, erzählen Sie schon, was los ist. Sie wissen, wer der Täter war, und Sie kennen den Tathergang."
Brahms schob die Lippen vor, sah über die Landungsbrücken hinweg in die Ferne. Er dachte an die Zeit, als es noch möglich gewesen war, auf irgendeinem Schiff anzuheuern und für Jahre seinem Schicksal davonzufahren.
Petersen wühlte in seinen Jacketttaschen. Er förderte eine kleine Karte zutage. „Kennen Sie den Laden?" Er hielt Brahms die Karte hin. „Ein Fischimbiss am Schulterblatt. Der Tipp eines Kollegen."
Brahms nickte.
„Und neulich war ich im La Sepia, auch am Schulterblatt." Petersen wischte sich über den Mund. „Ganz vorzüglich der gegrillte Thunfisch. Die Beilagen allerdings ... na ja. Aber allein für den gegrillten Thunfisch lohnt es sich."
Brahms nickte.
„Vielleicht sollten wir eine Kleinigkeit ..." Er beugte sich vor, sah Brahms ins Gesicht. „Nein, nicht. Auch gut."

Sie stiegen weiter die Treppe hinauf. Brahms dachte daran, möglicherweise doch in der Firma seines Vaters zu arbeiten. Vielleicht könnte dieser ihn erst einmal eine Zeit lang zu Geschäftsfreunden nach Brasilien schicken.
„Brahms, wenn Sie jetzt nicht reden, lasse ich Sie verhaften, wegen Widerstands gegen die Staatsgewalt!"
Sie überquerten die Straße.
„Ich stecke Sie ins Gefängnis", fuhr der Kommissar fort, „wegen Unterstützung, Begünstigung oder Beihilfe eines Verbrechens. Wegen Luftverschmutzung, Lärm, unsittlichen Verhaltens. Irgend so was, notfalls auch wegen verbotener Haltung eines Kampfhundes."
„Noffi?" Brahms lächelte.
Sie betraten das Gelände des ehemaligen Krankenhauses.
„Los, Brahms, wir wissen alles über Winter, welche Reisen er machte, welche Wege er ging, wo er sich am liebsten aufhielt, nur nicht, womit er schacherte und betrog. Uns erzählt nämlich keiner etwas."
Brahms atmete tief. „Eine von Ralf Winters Methoden bestand darin, in seriösen bürgerlichen Kreisen Geld zu sammeln und ins Ausland bringen zu lassen, um es am Fiskus vorbeizuschleusen. Das gibt natürlich keiner der Geldgeber zu. Winter war der Spezialist für den Transport von Bargeld. Er brachte es nicht selbst ins Ausland, und es ist fraglich, ob es immer dort angekommen ist, wo es hin sollte."
„Weiter."
„Winter hatte schon länger geplant, sich abzusetzen."

Er berichtete von Winters Idee, sich überfallen zu lassen, und wie es dann zu dem Unfall kam.
„Dann haben wir den Geldboten auf Video?" Petersen strich sich über das Gesicht.
„Wahrscheinlich."
„Aber die Person auf dem Video ist kein Mann, sondern eine Frau."
„Woher wissen Sie das?"
„Durch die Jacke und durch ihre Art zu gehen. Unsere Psychologen sagen, das sei eine junge Frau."
„Kann sein."
„Darüber wissen Sie nichts? Ich meine, Sie sind doch häufiger mit Winter zusammengetroffen?"
„Nein."
„Wir haben noch eine ganze Reihe seiner Überwachungsvideos gefunden. Da sind Sie auch drauf. Ralf Winter war zu unserem Glück zu faul, die zu löschen. Unsere Leute haben vermutlich die Frau noch mal gefunden. Es gehen ja nicht viele Frauen in einen solchen Laden."
„Sie wissen, wer es ist?"
„Sie wollen es mir ja nicht verraten, Brahms."
Sie stiegen zum Café mit Herz hinab. Gleich vorn an einem Tisch saß der Obdachlose, der Brahms die Jacke verkauft hatte. Er blickte in einen Becher mit Kaffee.
„Sie haben diesem Herrn eine Jacke verkauft, die bei einem Verbrechen benutzt wurde", sagte der Kommissar. Er präsentierte seinen Ausweis.
Die blaue Nase des Obdachlosen schwoll an, wurde zu einer Pflaume in einem Erdbeergesicht.

33

Montag, 10.04 Uhr

Außer dem dunklen Holztisch und vier Stühlen befand sich nichts in dem Raum. Es gab kein Fenster. Die Backsteinwände waren mit grauer Farbe lackiert wie ein Überzug aus Kunststoff. Leuchtstoffröhren in Käfigen an der Decke.

Geraldine saß am Tisch und hatte den Kopf gesenkt. Rechts von ihr eine Beamtin in dunkelblauer Hose und blauem Hemd. Fast ein Mann. Der Anwalt und Brahms traten an den Tisch.

„Sie müssen sich setzen", sagte die Beamtin.

Brahms zog den Stuhl heran, und Geraldine sah auf. Sie legte ihre Arme auf den Tisch. Die Hände krochen in Brahms' Richtung.

„Bitte nicht berühren", sagte die Beamtin.

„Sie glauben mir nicht." Geraldine bewegte beim Sprechen kaum die Lippen. „Die wollen mich wegen … Raub und Totschlag …"

Sie sank etwas zusammen und schluckte.

„Ich werde auf dich warten", sagte Brahms. Er wollte nach ihren Händen greifen.

„Keine Berührungen!" Die Beamtin richtete sich auf.

„Sieben, acht Jahre …" Geraldine sah zu dem Anwalt.

Er kniff die Lippen zusammen.
„... und danach werde ich ausgewiesen."
„Nach Portugal?"
Sie schüttelte den Kopf. Dann nahm sie einen tiefen Atemzug zu Hilfe, um ihren Oberkörper zu straffen.
„Ich bin mit einem Brasilianer verheiratet."
Geraldine sah Brahms nicht an, sie drehte den Kopf zu der Beamtin. „Darf ich weinen?", fragte sie.

34

Montag, 11.30 Uhr

Brahms stieg mit Noffi aus dem Wagen. Er ging die restliche Strecke zum Gelände seines Onkels am Klövensteener Forst zu Fuß. Noffi lief voraus, um den anderen Hunden mitzuteilen, wer da kam.

Aufrecht, die Vorderpfoten auf das Gatter gestellt, erwarteten sie ihn. Sie leckten sich über die Nasen, um noch mehr von seinem Geruch zu erschnüffeln. Brahms betrat die große Wiese vor dem Blockhaus. Bruno Kimpfert war nicht da. Die sieben Hunde drängten sich dicht an ihn, nur Noffi lief zu der Hütte, in der sein Onkel wohnte.

Brahms ging in die Knie und begrüßte jeden Hund, dann suchte er sich in der Mitte der Freifläche ein dichteres Rasenstück und setzte sich. Die Hunde legten sich im Kreis um ihn, die Köpfe nach außen gedreht, als müssten sie ihn bewachen. Noffi hatte alle Fressnäpfe an der Hütte untersucht und kam ebenfalls heran.

Brahms ließ sich nach hinten fallen. Er sah in den Himmel. Alle Wolken waren Hunde. Er schloss die Augen. Er erwachte durch das Motorengeräusch und richtete sich auf. Die Hunde hatten ihre Plätze nicht verlassen.

Selbst als sein Onkel mit dem Geländewagen auf das Grundstück fuhr, blieben sie bei ihm. Robo, der Anführer, hob den Kopf und jaulte in den Himmel.
Bruno winkte, lud drei Futtersäcke aus und brachte sie in die Hütte. Dann kam er näher. Die Hunde standen auf, bildeten einen engeren Kreis um Brahms. Als Bruno hindurch wollte, knurrten einige.
„Lutz, verdammt, es ist immer dasselbe. Wenn du hier bist, spielen die Köter verrückt. Sie gehorchen nur noch dir. Dabei bin ich die Hand, die sie füttert."
Brahms stand auf, öffnete die Arme und die Hunde machten Platz. Er begrüßte seinen Onkel.
„Deine Mutter wird auch noch vorbeikommen", sagte Bruno. „Wir wollen im Forsthaus Waldschenke zu Mittag essen."
Sie gingen zur Blockhütte.
„Was ist los mit dir?", fragte Bruno.
„Nichts."
„Du kannst mir helfen. Eine der Regenrinnen muss verstopft sein." Bruno holte eine Leiter, und Brahms nahm sie ihm aus der Hand. Er kletterte an der bezeichneten Stelle hinauf. Etwas steckte im Abfluss. Brahms zog daran. Es war eine tote Drossel. Er hob sie hoch.
Bruno schüttelte den Kopf. „Manchmal fallen die einfach vom Himmel."
Brahms räumte die Leiter wieder weg.
Bruno kam mit zwei Bechern und einer Kaffeekanne zurück und setzte sich auf die Bank vor die Hütte. Mit

einer Handbewegung bat er Brahms zu sich. Er schenkte ihm Kaffee ein.

„Nu sag schon, was ist los mit dir?“

„Es ist so“, sagte Brahms, „dass ich gern hier bleiben würde. Ich habe mich nun doch für ein Leben als Hund entschieden.“

Gunter Gerlach
wurde zwar in Leipzig geboren, lebt aber schon so lange in Hamburg, dass er sich einen besseren Wohnort kaum noch vorstellen kann. Er hat eine Reihe von Romanen und Krimis veröffentlicht und zahlreiche Preise bekommen, unter anderem den Deutschen Krimipreis. Die deutschen Krimiautoren haben ihm ihren Friedrich-Glauser-Preis für Kurzgeschichten bereits zweimal verliehen. Sein Protagonist Brahms schnüffelt regelmäßig mit seiner Spürnase durch Hamburg. Bisher sind erschienen „Tod in Hamburg“ und „Liebe und Tod in Hamburg“.
Mehr über den Autor unter www.gunter-gerlach.de

Bibliografische Information der Deutschen Bibliothek
Die Deutsche Bibliothek verzeichnet diese Publikation in der Deutschen Nationalbibliografie; detaillierte bibliografische Daten sind im Internet über <http://dnb.ddb.de> abrufbar.

ISBN 978-3-8319-0329-0

Lektorat: Werner Irro, Hamburg
Gestaltung: Büro Brückner + Partner, Bremen
Gesamtherstellung: CPI books GmbH, Leck

Titelbild: Michael Zapf, Hamburg